Impressum:

Alle Personen und Handlungen des Buches sind frei erfunden. Ähnlichkeiten mit lebenden oder verstorbenen Personen sind zufällig und nicht beabsichtigt.

Besuchen Sie uns im Internet:
www.papierfresserchen.de

Herausgegeben von Martina Meier – www.cat-creativ.at

in Auftrag von
© 2024 – Papierfresserchens MTM-Verlag
Mühlstraße 10, 88085 Langenargen

info@papierfresserchen.de
Alle Rechte vorbehalten.
Erstauflage 2024

Das Werk einschließlich aller seiner Teile ist urheberrechtlich geschützt. Wir weisen darauf hin, dass das Werk einschließlich aller seiner Teile urheberrechtlich geschützt ist. Jede Verwertung ist ohne Zustimmung des Verlages unzulässig. Dies gilt insbesondere für die elektronische oder sonstige Vervielfältigung, Übersetzung, Verbreitung und öffentliche Zugänglichmachung.

Herstellung: CAT Creativ – www.cat-creativ.at

Titelbild: © Jesse – Adobe Stock lizenziert
Backcover: © Bianca Maria D. Edel
Illustration S. 41: © Karin Waldl, aus dem Buch „Leopolds himmlisches Glück" (ISBN: 978-3-86196-628-9), Illustration S. 43, 46: © Heike Georgi; S. 64 © KI generiert Firefly Adobe Stock lizenziert;
alle anderen Fotos und Illustrationen © bei den jeweiligen Autorinnen und Autoren

Druck: Bookpress, Polen

ISBN: 978-3-99051-159-6 - Taschenbuch
ISBN: 978-3-99051-160-2 - E-Book

Martina Meier (Hrsg.)

Damals ...

in Bethlehem

Buchtipp

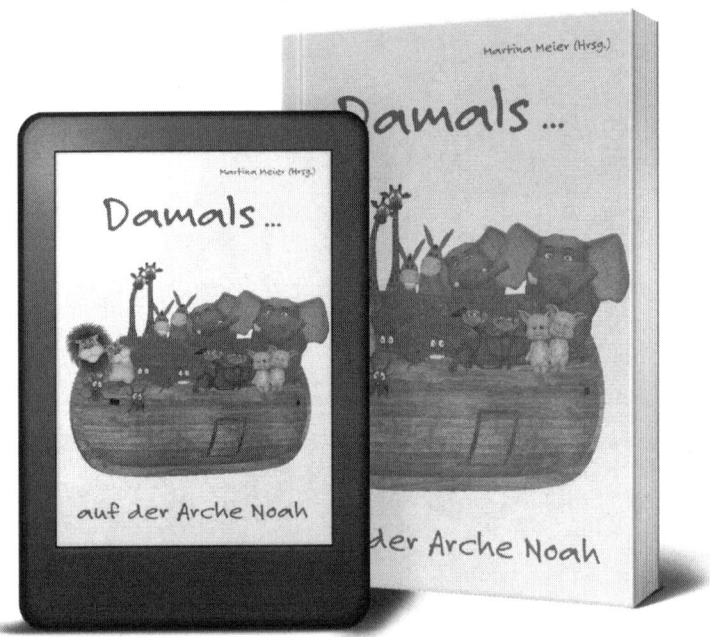

Damals ... auf der Arche Noah
ISBN: 978-3-99051-117-6, Martina Meier (Hrsg.)

Taschenbuch, 200 Seiten

Wir kennen sie, die Geschichte der Arche Noah. Die Geschichte Noahs, des Mannes, der von Gott vor einer großen Flut gewarnt wurde, daraufhin seine Familie um sich scharte und von jedem Landtier ein Paar versammelte, um es auf die Arche zu bringen. Natürlich hatte Noah von Gott einen genauen Auftrag erhalten, wie sein Schiff auszusehen habe und was er tun müsse. Als schließlich die Sintflut ihr Ende fand, soll die Arche Noah im Gebirge Ararat auf Grund gelaufen sein. Und was sonst noch so auf diesem biblischen Schiff geschehen ist, findet sich in Märchen, Gedichten und Erzählungen in diesem Buch.

Inhalt

Weihnachten in echt	9
Ein Kamel erzählt	12
Bethlehem – Wundersames geschah	16
Der kleine Esel	21
Hirtengeschichte	23
Die Tiere an der Krippe	25
Der kleinste Zeuge	27
Das erste Wunder	30
Immer wenn ich an München denke	34
Das Weihnachtsschaf	38
Damals in Bethlehem	43
Vom übergroßen Wunder in Betlehem	46
Chery und der Stern des Ostens	49
Die Nacht, an dem der Himmel auf die Erde kam	53
Unter dem Stern von Bethlehem	56
Gesegnet	60
Die Weihnachtsgeschichte aus der Sicht des Esels	63
Das Geschenk	66
Es war einmal bei Bethlehem	69
Sternenlicht in jener Nacht	71
Vom nahenden Erretter	75
Der Vater eines Jüngers	76
Jesus Christus ward geboren	78
Die Flucht nach Ägypten	80
Kurskorrektur nach Bethlehem	83

Bethlehem 2.0	87
Das Geheimnis von Qumran	91
Graupelz	95
Die Hirten und der Engel	98
Überblick	102
Luzifer	106
Die Bedeutung der Geburt von Jesus	110
Liebeswunder in dunkler Nacht	112
Lichtsprung	115
Sieben Kerzen	118
Die Geburt des Retters	122
Thalita erlebt eine ungewöhnliche Nacht	124
Dieb	128
Ochs und Esel	132
Ein Geschenk aus Lammfell	133
Die kleine Maus und das Christkind	136
Unverstanden	138
Die Heiligen Drei Kühe	145
Der Geist von Bethlehem	146
Das Magische an Bethlehem	151
Ein Geschenk für die Hirten	152

Die Autorinnen + Autoren

Alina Zaripov
André Hénocque
Anja Apostel
Anke Terrasi
Barbara Merten
Bernd Watzka
Bernhard Brack
Bianca Maria D. Edel
Catharina Luisa Ilg
Daniela Pickhardt
Dörte Müller
Elisabeth Seiberl
Franziska Felix
Gerd Jenner
Hans Peter Flückiger
Ingrid Klute
Ivonne Schweitzer
Johanna Buchholz
Joshua Layer
Julia Heß
Juliana Barth
Karina Luger
Karl-Heinz Richter

Loana
Luna Day
Maren Grenner
Margret Küllmar
Martina Reinhard
Michael Johannes B. Lange
Monika Heil
Oliver Fahn
Pamela Murtas
Sarah Schmitz
Sarah Sophie Vierheller
Sieglinde Seiler
Simon Käßheimer
Stephanie Hope
Sybille Klubkowski
Tabea Genschorek
Udo Brückmann
Vanessa Boecking
Volker Liebelt
Wilhelm Maria Lipp
Wolfgang Rinn
Wolfgang Rödig

... und demnächst in dieser Reihe:

Damals ... im Mittelalter

Einsendeschluss 15. November 2024

Das Mittelalter ist eine spannende Zeit. Das zeigen uns nicht nur zahlreiche historische Aufzeichnungen, sondern auch viele Hollywood-Klassiker über diese Epoche. Oder denken wir nur einmal an die zahlreichen Mittelaltermärkte, die heute wahre Besucheranstürme hervorrufen. Was fasziniert uns an dieser Zeit, als Helden offensichtlich noch Helden waren – glaubt man der Filmindustrie. Als Robin Hood für die Armen und gegen den Sheriff von Nottingham im Sherwood-Forest kämpfte. Oder der Franziskaner William von Baskerville in dem Film „Der Name der Rose" in einer Benediktinerabtei in eine Reihe von Mordfällen verwickelt wird. Als der Bader Robert Cole auszog, um in Persien Medicus zu werden. Den Filmepen gegenüber stehen historische Schilderungen über die Pest, den Dreißigjährigen Krieg. Oder über bahnbrechende Erfindungen, herausragende Künstler und Wissenschaftler.

Lassen Sie uns in Ihren Geschichten teilhaben an Ihren Mittelaltervorstellungen. Romantisch verklärt, an der Realität orientiert, ganz so, wie Sie es in Ihren Beiträgen erzählen möchten. Werden Sie zum Minnesänger oder zur Minnesängerin. Besingen Sie die Liebe, schlüpfen Sie in die Rüstung eines Ritters. Brechen Sie zu Kreuzzügen auf ... Und wenn sich auch einmal der ein oder andere Text über heutige Mittelaltermärkte oder Geschehnisse auf historischen Mittelalterburgen zu uns in die Redaktion „verirren", dann tut dies der Spannung des Buches sicherlich keinen Abbruch. Und wie immer – genreoffen.

Weihnachten in echt

„So kannst du das nicht erzählen", rief Emmy, „so war das nicht!" Der Pfarrer schaute ziemlich ratlos drein. „Wie war es dann?", fragte er zögernd.

„Nicht so nett. Sondern schön. Und das ist etwas ganz anderes." Emmy war sich ihrer Sache ganz sicher. Wartete auch gar nicht ab, bis man es ihr erlaubte, sondern legte einfach los. Die Worte sprudelten geradezu aus ihr heraus.

„Es fängt schon in Nazareth an. Der Joseph, das war doch ein Prinz. Stammte aus der Familie von König David. Aber in einem Palast wohnte er trotzdem nicht, sondern in einem ganz kleinen Haus. Und Diener hatte er auch keine. Nein, der musste richtig hart arbeiten. In seiner Werkstatt und auf den Baustellen. Zimmermann war er. Ja, und dann kam dieser Befehl aus Rom. Vom Kaiser. Dem gehörte alles. Das Land – und die Menschen dazu. Mit allem, was sie hatten. Und jetzt mussten sie an den Ort reisen, aus dem ihre Familie kam. Das hieß, der Joseph musste nach Bethlehem. Da kam der alte König David her, sein Vorfahr. Na klasse! Als ob man sonst nichts zu tun hätte, als wochenlang in der Gegend rumzulaufen, bloß weil es irgendein Kaiser so wollte. Aber es half alles nichts. Er musste hin, um sich in langweilige Listen eintragen zu lassen. Aber das Allerschlimmste: Maria, die Frau von Joseph, musste auch mit. Obwohl sie ganz bald ein Kind bekommen würde. So eine weite Reise für eine schwangere Frau! Was für ein Wahnsinn! Egal. Sie mussten gehen. Alle beide. Die Werkstatt in Nazareth im Stich lassen und losziehen. Joseph hatte riesige Angst. Würde das gut gehen?"

Emmy machte eine Pause. Die anderen Kinder hörten ihr gespannt zu. Sie konnte gut erzählen. Aber den Pfarrer einfach so zu unterbrechen, das war schon ziemlich krass. Die traute sich echt was! Emmy holte noch einmal tief Luft und schon ging es weiter.

„Sie schafften es gerade noch nach Bethlehem und dann kam das Kind! Maria hatte nicht mal ein Bett. Nur ein Strohlager in einem

Erdloch mit Bretterverschlag davor. Das war alles, was die Stadt König Davids bieten konnte. Sie war schrecklich erschöpft. *Tu was, Gott,* sagte Joseph. *Schließlich gehts um dein Kind, nicht um meins. Nimm mir die Maria nicht, Gott, lass sie leben. Bitte.*
Alles blieb, wie es war, und so wurde der Junge hier geboren und in eine Futterkrippe gelegt. Stroh hatten sie hineingetan, ein paar Tücher drauf. Aber das Schlimmste war dieser Viehstall, diese muffige Grube, die kalt war, feucht und dreckig. Gottes Sohn? In so einem Loch? Eine alte Frau hatte Maria geholfen. Eine Schüssel Eintopf gebracht und einen Krug Wasser. Maria schlief. Hatte nichts gegessen, nichts getrunken. Würde sie es überstehen? Der Kleine schrie.
Sie blieb am Leben. Sah die Hirten kommen. Die erzählten von Engeln. Auf einmal waren sie aufgetaucht. Mitten in der Nacht. Ganz hell war es geworden. Die Hirten hatten furchtbare Angst bekommen. Auf den Boden waren sie gefallen vor Schreck. Und dann noch diese Nachricht: *Der Befreier ist geboren, der Heiland, der Herr, in der Davidstadt. Ein Kind. Es liegt in einer Krippe!* Mehr als seltsam. Trotzdem. Alles hatten sie alles stehen und liegen gelassen, hatten einfach nachgeschaut – und da waren sie. Ein Schaffell brachten sie mit, ein paar Brotfladen und kaltes Fleisch. Standen herum und starrten Jesus an. Ein Säugling. Weiter nichts. Aber die Beschreibung der Engel hatte gestimmt. Dann würde das andere auch stimmen. Gott ist ja schließlich kein Schwätzer und Engeln kann man schon glauben. Nach einer Weile gingen die Hirten zurück zu ihren Schafen und sangen dabei. Loblieder für Gott. Nicht schön war das, zugegeben. Aber es kam von Herzen.
Die Geschichte verbreitete sich im ganzen Land und alle, die es hörten, staunten darüber. Bis heute tun sie das. Aber was war geschehen? Ein Baby im Futtertrog. Ein König im Stall? Das machte den König von Judäa nervös. Herodes hieß der. Und der wollte nichts von diesem kleinen Königskind in Bethlehem wissen. Er wollte, dass es verschwand. Umbringen wollte er den Jesus. Doch Joseph wusste Bescheid. Ein Engel war auch zu ihm gekommen. *Du musst weg von hier,* hatte er gesagt. *Nimm das Baby mit und seine Mutter und dann: Ab nach Ägypten. Da findet euch Herodes nicht.*
Gott auf der Flucht? Ein König ohne Land? Das soll unser Befreier sein? Unser Heiland? Ziemlich viele Fragen. Aber für die Leute, die das damals miterlebt hatten, war die Sache klar: Dieser Winzling war

Gottes Sohn. Sie waren sich sicher, Joseph, Maria, die Hirten, die Nachbarn und sogar die Zauberer aus dem Osten. Sie lernten Gott ganz neu kennen und erfuhren: Er hatte tatsächlich einen Sohn. Er kam zu uns. Ganz klein. Als Baby. Eindeutig. Das ist wunderbar. Und auch nett. Klar. So ein Neugeborenes ist schon richtig süß. Aber trotzdem. So wie du kann man die Geschichte nicht erzählen. Wir wollen das ja auch miterleben. Und dazu müssen wir wissen, wie das war. Weihnachten in echt halt."

Emmy schwieg. Um sie herum war es ganz still. Auch der Pfarrer sah nachdenklich aus. Er sollte jetzt vielleicht etwas Kluges sagen. Doch ihm fiel nichts ein. Gar nichts.

Deshalb stimmte er ein Lied an. „Ich steh an deiner Krippe hier", sang er mit den Kindern.

Schön sang er nicht. Aber es kam von Herzen.

Gerd Jenner: *Geboren wurde er 1969 in Ludwigsburg, Baden-Württemberg. Aufgewachsen in der Schillerstadt Marbach am Neckar mit zwei Schwestern und sehr vielen Büchern. Heute lebt er in Leonberg bei Stuttgart in einem Mehrgenerationenhaus. Verheiratet ist er auch, die beiden haben eine Tochter. Berufe hat er mehrere: Verwaltungsangestellter, Lokalhistoriker, Stadtführer und natürlich Autor. Ehrenamtlich ist er Mitarbeiter im Kindergottesdienst. Neben Gedichten und Kurzgeschichten schreibt er auch Kirchenführer und Ausarbeitungen zu kulturhistorischen Themen.*

Ein Kamel erzählt

Ich liebe Abenteuer, ihr auch? Bestimmt geht es auch euch Menschen so, dass ihr viel von der Welt und vom Leben sehen möchtet. Ich heiße Carlo und bin das Jüngste von uns Hauskamelen. Schon lange warte ich auf den Tag, an dem ich eine große Reise machen kann – durch die weite Wüste in ferne Länder. Aber bis jetzt habe ich nur ab und zu einen unserer Meister in die Stadt gebracht. Heute ist es so weit! Ich könnte Luftsprünge machen! Seit dem frühen Morgen herrscht Aufbruchsstimmung. Serafina, unsere alte Kameldame, hat es uns ausführlich erklärt: Wir werden mit allen drei Meistern eine Entdeckungsreise machen. Die drei sind unglaublich klug und kennen die Geheimnisse des Sternenhimmels wie kein anderer.

Ich platze fast vor Stolz, als Serafina sagt: „Du gehörst auch zur Reisekarawane, Carlo." Ich, das jüngste Tier im Stall! „Auch Ali wurde ausgewählt", fährt sie fort.

Oh nein, ausgerechnet der ... „Aber es kann nicht alles perfekt sein!", sagt Seraphina immer. Ali ist ein Angeber. Er hat als Einziger von uns weißes Fell und tut immer so, als ob er der Schnellste, Klügste und Beste wäre. Aber wenn mal ein paar Gäste ein Wettreiten mit uns machen, überhole ich ihn jedes Mal. Und Serafina mit ihren fast fünfzig Jahren ist sowieso die Allerklügste ...

Als unsere kleine Karawane endlich aufbricht, sind nicht nur wir Kamele aufgeregt. Unsere Meister haben viel diskutiert, Nahrung und Wasserflaschen in die Gepäcktaschen gesteckt – und sie haben kostbare Dinge dabei, in goldglänzenden Gefäßen. Sie sind nicht nur klug und weise, sondern auch sehr, sehr reich, fast wie Könige.

Und nun haben sie wohl in der Sternenwelt eine ganz große Entdeckung gemacht ... Es hat irgendwas mit einem uralten Geheimnis zu tun, mit einem König, der geboren wird, einem heiligen König ...

„Ich werde das weiße Tier reiten, einverstanden?" Das ist Melchior, der nun rasch auf Alis Rücken steigt.

„Und ich das dunkelbraune", lächelt der betagte Balthasar und geht ruhig auf Serafina zu.

Ich freue mich, als der dunkelhäutige Caspar mit Schwung auf meinen Rücken springt. Er ist flinker und mutiger als die anderen. Der passt zu mir! Serafina gibt das Tempo vor. Sie ist nicht die Schnellste, hat aber viel Ausdauer. Die Sterndeuter reden fast über nichts anderes als über den einen Stern.

„Er wird uns den Weg zeigen", sagt Balthasar bestimmt.

„Bist du dir ganz sicher?" Caspar runzelt die Stirn und streicht über sein rot leuchtendes Gewand.

„Ja." Der weißhaarige Balthasar nickt nur und zieht an Serafinas Zügel, das Zeichen für eine kleine Pause.

Während die drei Männer im Schatten einer riesigen Kaktuspflanze sitzen und ihre Wasserflaschen öffnen, warten wir Kamele geduldig in der Sonne.

Ali stampft unzufrieden mit den Hufen. „Ich hoffe, wir werden nicht in die Irre geführt", schnaubt er, „ich kann einfach nicht glauben, dass ein Stern uns den Weg zeigen wird! Zu irgendeinem Königskind, das irgendwo im Ausland geboren werden soll …" Er schüttelt missmutig den Kopf.

„Still! Sie reden gerade darüber …" Serafina lauscht.

„… im Land der Juden", sagt Melchior gerade und trinkt hastig einen großen Schluck Wasser. „So steht es in den heiligen Schriften. Und dieser Stern am Himmel", er verschluckt sich fast vor Aufregung, „ist ein einzigartiges Zeichen dafür, dass der göttliche König gekommen ist!"

Der junge Caspar bleibt stumm. Ob er noch Zweifel hat?

Bei Einbruch der Dämmerung erreichen wir die Große Oase. Weiter als bis hier bin ich noch nie in meinem Leben gekommen. Wir Kamele können jetzt trinken, so viel wir wollen, und natürlich gibt es Pflanzenfutter. Die Männer sind dabei, ihr Nachtlager unter einer mächtigen Palme zu bereiten – da … *chchch … chchch …* Ein zischendes Rasseln zerreißt die Stille.

„Was ist d…?" Melchior springt plötzlich auf und stolpert ein paar Schritte zur Seite. „Passt auf!!! Eine Viper!"

Die Giftschlange schlängelt sich eilig davon.

Ich spanne die Muskeln an. Wo ist sie jetzt?

Caspar hat schärfere Augen als die anderen. „Da! Da vorne …" Blitzschnell fasst er sein langes Messer und hechtet los. Fast hätte er die sandfarbene Schlange erwischt … aber im letzten Moment ist sie wie vom Erdboden verschluckt.

„Gut gemacht, mein Freund", atmet Balthasar auf, „ich will nicht an einem Schlangenbiss sterben, bevor ich das heilige Kind gesehen habe."

Als sich alle zum Schlafen zurückgezogen haben, wird es still, ganz still. Ich blicke in die Dunkelheit … Millionen von Sternen überziehen den Nachthimmel – und da … der Stern: Groß und blendend hell steht er zwischen den anderen Himmelslichtern. Ob die heiligen Schriften recht haben …?

Die Reise gefällt mir. Wir erleben wunderschöne Sonnenaufgänge, kommen an Kakteen der verschiedensten Art vorbei und erleben sogar einen waschechten Sandsturm. Und immer ist er da … der Stern, dem wir folgen.

Nach Wochen erreichen wir das Land der Juden. Die Wüste liegt jetzt hinter uns. Unsere Reiter machen einen Tag Pause, um ihre Vorräte aufzufüllen. Wir Kamele können uns ausruhen und an einem großen Brunnen mit herrlich frischem Wasser unseren Durst stillen.

„Und jetzt?" Ali wiehert ungeduldig. „Gehen wir jetzt endlich zum Königspalast? Bin ja gespannt, ob wir uns da blamieren …" Er grinst spöttisch.

„Ja, morgen gehts los bis nach … " Serafina überlegt kurz. „… Jerusalem heißt die Hauptstadt des Landes. Warte doch ab, Ali, bis wir dort sind! Der Stern hat uns jede Nacht geleuchtet. Ich glaube, wir können ihm vertrauen!"

Der Königspalast in Jerusalem sieht unglaublich prächtig aus. Ich bin sooo gespannt auf das heilige Königskind! Unsere Meister bekommen tatsächlich eine Audienz beim jüdischen König.

Wir warten ungeduldig auf ihre Rückkehr.

„Daaa!" Ali stößt ein erschrecktes Wiehern aus. „D...d...die … Schlan...g...ge!"

Die Viper aus der Wüste! Sie huscht hinter eine große Säule – und ist plötzlich verschwunden.

„Ein seltsames Tier", murmelt Serafina nachdenklich.

Schließlich erfahren wir, dass unsere Reise noch nicht zu Ende ist. Hier gibt es gar keinen neugeborenen König!

„Hab' ich doch gleich gesagt", triumphiert Ali.
Ich verdrehe die Augen. Dieser Klugscheißer!
„Noch ist nicht aller Tage Abend!" Serafina bleibt gelassen. „Sie sagen, dass die heiligen Schriften von einem Retter sprechen, der aus Bethlehem kommt ..." Sie strahlt eine gespannte Gewissheit aus. Ich weiß nicht mehr, was ich glauben soll.
Der Weg in das kleine Bethlehem ist nicht mehr besonders weit. Wir haben den Ort fast erreicht, als uns ein Schafhirte begegnet. Als Balthasar den alten Mann nach einem Königskind fragt, geht ein Leuchten über sein faltiges Gesicht. „Die Engel haben es uns gesagt", antwortet er. „Ehre sei Gott in der Höhe und Frieden auf Erden." Und er erzählt uns von der Geburt des Kindes ...
„In einem Stall?" Ali fällt die Kinnlade herunter.
Der Hirte nickt. „Geht und seht selbst." Noch ein Lächeln und er verabschiedet sich.
Nach kurzer Zeit stehen wir alle vor der einfachen Scheune. Unsere Reiter steigen ab und gehen langsam hinein, voller Glück und Ehrfurcht. Sie tragen ihre kostbaren Geschenke in den Händen. Ein neugeborenes Kind – in einer Futterkrippe ...
Ich erschrecke, als mir eine sandfarbene Viper auffällt, die vor der Tür liegt, aber sie ist leblos und keine Gefahr mehr für uns und ihn.
„Er heißt Jesus", sagt seine Mutter gerade.
Und ich traue meinen Augen nicht: Unsere klugen Meister verneigen sich tief vor dem göttlichen Kind – Jesus, dem Sohn Gottes. Ich sehe Serafina an und dann Ali – und wie auf ein unsichtbares Zeichen verbeugen wir drei uns auch.

Ingrid Klute, geboren 1954, Grundschullehrerin, lebt in Ostwestfalen. Ehefrau und Mutter, Großmutter von drei Enkelkindern. Seit einigen Jahren im Ruhestand mit viel Zeit und Muße zum Lesen, Italienischlernen und kreativen Schreiben. Veröffentlicht Kurzgeschichten für Kinder und Erwachsene.

Bethlehem –
Wundersames geschah

Der Ochse war gerade im Stall von Bethlehem am Einschlafen, als er ein Klopfen an der Stalltüre hörte. Vorsichtig wurde der Riegel aufgeschoben und die Türe geöffnet. Ein junges Paar trat herein, wie er im blassen Lichtschein der Laterne, die sie bei sich hatten, sehen konnte. Die junge Frau sah sich suchend im Stall um und sagte zu ihrem Begleiter: „Hier ist es nicht kalt. Es gibt Heu und Stroh und wir haben ein Dach über dem Kopf. Da können wir schlafen. Was meinst Du, Josef?" Josef war ebenfalls der Meinung, dass sie keinen besseren Schlafplatz für die Nacht mehr finden konnten.

Der Ochse, der in einem Winkel des Stalles angebunden war, wurde ärgerlich darüber, dass er beim Einschlafen gestört wurde. Er war müde und wollte seine Ruhe haben. Wer waren eigentlich diese fremden Menschen und was wollten sie hier?

Er konnte nicht wissen, dass Kaiser Augustus den Befehl gegeben hatte, in seinem Reich eine Volkszählung durchzuführen. Dazu mussten sich alle Bewohner in ihre Heimat begeben, um sich dort in Steuerlisten einzutragen. Josef, aus dem Haus und Geschlecht Davids, machte sich deswegen mit Maria, seiner Verlobten, von Nazareth in Galiläa auf den Weg nach Bethlehem in Judäa. Nachdem das Paar in der Herberge keinen Schlafplatz gefunden hatte, war es froh, im Stall schlafen zu können.

Josef band den Esel, auf dem Maria geritten war, neben dem Ochsen fest. Der Ochse beäugte den Esel mit Argwohn. Er spürte Angst, dass er ihm sein gutes Heu wegfressen könnte. Dann richtete Josef auf dem Stroh einen Schlafplatz her. Maria war von den Strapazen der Reise sehr müde. Ferner kündigte sich die baldige Geburt ihres Kindes an. Josef versorgte die Tiere mit Heu und Wasser. Nachdem der Esel genügsam war, schob der Ochse seine Angst beiseite. Die beiden fremden Menschen waren gut zu ihm und verhielten sich leise, sodass es ihn nicht mehr störte, dass er den Stall mit ihnen teilen musste. Friedlich schliefen die Tiere ein.

Plötzlich wurden sie von einem Schrei geweckt. Er kam von dem neugeborenen Kind, das Maria in eine Windel gewickelt und in die Futterkrippe auf Heu und Stroh gelegt hatte. Ochs und Esel standen mit wachsamen Augen in ihrer Stallecke, um ja nichts zu verpassen. Sie wurden Zeuge der Geburt eines Menschenkindes. Das war etwas, was sie zuvor noch nie erlebt hatten.

In dieser Nacht war anscheinend alles anders als sonst. Maria sah sehr müde aus, gleichzeitig aber auch sehr glücklich. Sie lächelte ihr kleines Baby in der Krippe an, sichtlich froh darüber, dass es gesund war. Durchs Stallfenster drangen Gesänge von hellen Stimmen. Solche wunderschönen Gesänge hatten die Tiere noch nie gehört.

Überraschend kam mitten in der Nacht Besuch. Es waren Hirten, die auf den umliegenden Feldern bei ihren Schafen Wache hielten. Sie waren von einem Engel geweckt worden, der zu ihnen sagte: „Fürchtet Euch nicht, denn ich verkünde Euch eine große Freude. Heute ist Euch in der Stadt Davids der Retter geboren. Er ist der Messias, der Herr. Und das soll Euch als Zeichen dienen: Ihr werdet ein Kind finden, das in Windeln gewickelt, in einer Krippe liegt!"

Weitere Engel kamen hinzu, die Gott lobten und sagten: „Ehre sei Gott in der Höhe und Friede auf der Erde bei den Menschen seiner Gnade!"

Als die Engel verschwanden, beschlossen die Hirten, nach Bethlehem zu gehen, wo sie das neugeborene Kind im Stall fanden. Sie fielen vor der Krippe mit dem Kind auf die Knie und beteten. Später erzählten sie überall davon, was ihnen über dieses Kind von den Engeln gesagt worden war.

Dass etwas Großes geschehen sein musste, spürten auch die Tiere. Beide konnten nicht ahnen, dass in dieser Nacht in Bethlehem ein besonderes Kind, nämlich der Gottessohn, geboren worden war ...
Nur Maria wusste von einem Engel davon und behielt es in ihrem Herzen.

Maria und Josef blieben noch einige Tage im Stall, da sich Maria, wie der Ochse hörte, von der Geburt erst genügend erholen musste, um den weiten Heimweg nach Nazareth auf dem Esel antreten zu können. Josef versorgte regelmäßig die Tiere, bürstete ihr Fell und fuhr ihnen liebevoll über den Rücken. Das tat nicht nur dem Esel gut, der das gewohnt war. Auch der Ochse fühlte sich sehr wohl dabei. Es war ihm nicht mehr langweilig, weil es viel zu sehen gab. Bei-

de Tiere erlebten zum ersten Mal, wie ein kleines Kind gestillt wird. Immer wieder ging ihr Blick zu dem friedlich schlafenden Kind in der Krippe.

Plötzlich waren im Stall aus der Ferne Geräusche zu hören, die auf mehrere Ankömmlinge schließen ließ. Es stellte sich heraus, dass die Geräusche von Kamelen kamen, mit denen Sterndeuter aus dem Morgenlande aufgebrochen waren, um dem neugeborenen König zu huldigen. Ein Stern war ihnen vorausgegangen und hatte ihnen den Weg nach Bethlehem bis zum Stall gezeigt. Dort blieb er über dem Stall stehen.

Die Sterndeuter kamen in prächtige, goldbestickte, bodenlange Gewänder gekleidet in den Stall herein. Der Ochse staunte nicht wenig. Was ging da Seltsames vor sich, fragte er sich still, als er die Fremden sah. Einer hatte eine dunkle Hautfarbe und trug einen Turban auf dem Kopf. Die Besucher Caspar, Melchior und Balthasar öffneten ihre Schatztruhen und legten wertvolle Geschenke – Gold, Weihrauch und Myrrhe – vor der Futterkrippe mit dem Kind ab, bevor sie niederknieten und dort beteten. Der Weihrauch wurde in einem Gefäß angezündet und verbreitete einen unbekannten, feierlichen Duft.

Warum kamen selbst Sterndeuter aus fremden Ländern zur Krippe, um einem neugeborenen Kind die Ehre zu erweisen? Der Ochse schaute ob seiner Eindrücke den Esel mit großen Augen fragend an. Der Esel hätte am liebsten mit den Schultern gezuckt, wenn er das gekonnt hätte. Ihm erging es ähnlich wie dem Ochsen. Auch er hatte keine Erklärung für all das, was im Stall an Wundersamem geschah. Er hatte Maria auf seinem Rücken hierhergebracht. Solange war alles normal – bis auf die Tatsache, dass er hörte, dass Josef und Maria vor einem König Herodes flüchten mussten, der allen neugeborenen Kindern etwas zuleide tun wollte.

Die Sterndeuter wollten von König Herodes in Jerusalem wissen, wo sie den in dieser Zeit geborenen König der Juden finden konnten, dessen Stern sie aufgehen sahen und dem sie gefolgt waren, um ihm zu huldigen. Als Herodes das hörte, erschrak er sehr und auch die Schriftgelehrten und Priester, die er zusammenrief. Sie wussten von einer derartigen Vorhersage im Buch der Propheten. Dass dieser König ihm die Regentschaft streitig machen könnte, wollte Herodes mit aller Macht verhindern. Er bat die Sterndeuter, ihm zu berichten, wenn sie das Kind gefunden hätten, damit auch er dieses Kind ehren konnte. Die Sterndeuter kehrten aber auf einem anderen Weg in ihre Länder zurück.

Der Ochse erfuhr nicht, was sich an Großem im Stall von Bethlehem ereignet hatte. Schon einige Tage später brachen Josef, Maria, das Kind und sein neuer Freund, der Esel, auf, um nach Nazareth zurückzukehren. Das fand der Ochse schade. Er hatte sich – nach anfänglichen Vorbehalten – mit dem Esel angefreundet und richtig gut verstanden. Der Esel dagegen wunderte sich später noch öfter darüber, welches besondere Kind er damals auf seinem Rücken trug. Er sah das Kind, das den Namen Jesus erhielt, eine Zeit lang aufwachsen. Fast täglich besuchte es ihn im Stall, fütterte ihn mit einer Rübe und streichelte ihn liebevoll. Darüber freute er sich und war glücklich, der beste Freund des Kindes sein zu dürfen. Dass Jesus der Sohn Gottes war, der im Stall von Bethlehem geboren wurde, konnte das Tier nicht ahnen.

Sieglinde Seiler wurde 1950 in Wolframs-Eschenbach, der Stadt des Minnesängers Wolfram von Eschenbach (Bayern), geboren und ist von Beruf Dipl. Verwaltungswirt (FH). Sie lebt mit ihrem Ehemann heute in Crailsheim (Baden-Württemberg). Seit ihrer Jugend schreibt sie Gedichte. Später kamen Aphorismen, Märchen und Prosatexte hinzu. Ferner fotografiert sie gerne. Gedichte, Geschichten und Märchen wurden in diversen Anthologien veröffentlicht.

Der kleine Esel

Auf Geheiß des Kaisers Augustus hin machten sich Maria und Joseph auf den Weg nach Bethlehem. Auf dieser Reise wiederum waren sie aber nicht alleine, da sie ein junger Esel als gänzlich gutmütiger Lastenträger begleitete, sodass sie letztendlich auch mit diesem im Stall die Nacht verbrachten, denn freie Zimmer gab es in der gesamten Stadt keine mehr.

So war das junge Pärchen schon überaus glücklich, nicht auf der Straße die Nacht verbringen zu müssen, in welcher nun aber das Unglaublichste der Erde passierte: Maria gebar ein kleines Kind, welches – so ihr ein Engel verkündet – der Retter aller Menschen würde. Der gleiche Engel wiederum (noch recht unerfahren) erhielt nun von seinem Vorgesetzten Gott selber die Aufgabe, auch die Hirten zu dem kleinen Stalle zu führen und für die Heiligen aus dem Morgenlande noch etwas Feenstaub in den Himmel zu streuen, welcher diesen als Wegweiser diene.

Vor lauter Aufregung nunmehr verschüttete der kleine Engel allerdings ein wenig des kostbaren Feenstaubs, als er diesen über dem schlichten Stall in den Himmel streute. Und wie es der Zufall so wollte, rieselte der goldene Glitzer genau hinunter und traf ausgerechnet die sensible Nase des jungen Esels, der unweigerlich herzhaft nieste. Die Eltern des kleinen Jesus schoben ihn aufgrund dessen harsch beiseite, denn das Neugeborene sollte sich auf keinen Fall direkt eine Erkältung wegen des unentwegt niesenden Esels holen.

Irritiert schüttelte dieser hingegen sein Haupt, sodass der funkelnde Feenstaub an ihm herunterrieselte. Doch ein kleines Lichtlein blieb dennoch über ihm – es war ein Heiligenschein, den der Himmelsglitzer an ihm hervorgerufen hatte.

Auch der Engel merkte das natürlich, weshalb er sogleich zu dem Eselchen hinuntersegelte, um diesen um Verschwiegenheit zu bitten, da er keinen Ärger mit seinem heiligen Arbeitgeber erhalten wollte. Gutmütig – wie er nun einmal war – willigte unser Eselein auf den

Wunsch des Engels hin ein, verdeckte das Heiligenlicht ordentlich mit seinem flauschigen Pony und behielt es auch bis heute weiterhin so bei, da Esel nun einmal – wie sicher jeder weiß – äußerst sture Tiere sind. Dennoch ändert auch dies nichts daran, dass alle Nachkommen des kleinen Eselchens bis heute noch heilig sind.

Catharina Luisa Ilg, 2005 im wunderschönen Erzgebirge geboren und anschließend dort groß geworden.

Hirtengeschichte

Es waren einst vor dem Jahre Null zwei Schafhirten aus der Nähe von Nazareth, von denen der eine Papan und der andere Pepen hieß. Sie waren Brüder und Freunde zugleich und ihre Schafe machten ihnen Freude jeden Tag, wenn auch die Sorge darum stetig war. In den letzten Tagen war ihnen ein Stern besonderer und besonders heller Art aufgefallen, der ihnen von nun an den Weg verschaffte, den sie suchten. Sie wollten etwas Schönem folgen und da bot er sich an. Es war nicht der Nordstern oder ein anderer Stern, er war, ja, er war anscheinend neu am Firmament erschienen. So versuchten sie, ihm zu folgen, und trieben voller Ruhe ihre Hunde und Schafe an. Die Herde folgte.

Tage und Wochen waren nun schon vergangen und der Stern schien sie in die kleine Stadt Betlehem zu führen. Warum blieb wie sein Erscheinen eher ein Geheimnis. Nun aber stand er fast direkt über ihnen und die Hirtenbrüder stellten fest, dass sie in Betlehem angekommen angelangt waren. Der Stern, er strahlte fort. Papan verstand das nicht, doch Pepen, sein etwas jüngerer Bruder, kam bald zurück, nachdem er Essen zu kaufen versucht hatte.

„Es wurde ein Kind geboren", sagte er. Er betonte das so, als ob dies etwas Besonderes wäre. „Es soll der neue König sein", fügte er hinzu.

„Wo ist dieses Kind?", fragte Papan.

„Es ist in einem gewöhnlichen Stall. Aber es muss ein Gerücht sein." So stellte sich Pepen die Sache vor, und weil er die Sache prüfen wollte, sagte er zu Papan: „Wir wollen unsere Herde zum Stall führen und die Eltern beglückwünschen."

„Das ist eine gute Idee", erklärte Papan. „Vielleicht bekommen auch wir Unterschlupf und Beistand dort."

Pepen fühlte mit jedem Schritt, den sie näher an den Stall kamen, dass es richtig war, was sie taten. So trieb er die Herde an, und als sie endlich dort angelangt waren, stand der Stern direkt über ihnen.

Papan betrat mit einigen Schafen den offenen Stall und umher sammelte sich die restliche Herde. Die Tiere schienen anders zu sein als sonst. Sie waren ruhig und geeint und da der Stall nicht groß genug war, so drängten sie sich um das Kind. Dieses lag in einer einfachen Futterhalde – einer Krippe. Es war gewickelt und schien zu schlafen.

„Das Kind ist etwas Besonderes", sagte Pepen zu seinem Bruder." Er hatte wohl recht. Die Tiere standen ruhig um das Kind, keines hauchte es auch nur an. Eines der Schafe leckte dem Kind allerdings keck den kleinen Fuß.

So ging die Nacht des 25. Dezembers vorüber. Alles, was dort geschah, war üblich, doch nicht gewöhnlich. Pepen sollte recht behalten. Es war eine besondere Nacht in Betlehem, wie wir heute wissen.

Simon Käßheimer *wurde 1983 in Friedrichshafen am Bodensee geboren, wo er bis heute seine Wurzeln sieht. In Nähe des Bodensees (Ravensburg lebt er inzwischen, inspiriert durch die schöne Landschaft, glücklich vor sich hin. Dazwischen liegen eine Gärtnerausbildung, neun Jahre Hauptschule, die Arbeit als Gärtner, eine Tätigkeit im Bereich Verpackung und Industriemontage. Nun hat er Zeit zum Schreiben. Mehr über ihn auf der Homepage: www.simonkaessheimer.de*

Die Tiere an der Krippe

Und Tiere waren auch gekommen,
in ihre Mitte hatten sie genommen
das göttlich Kind
und können heute noch erzählen
vom Wunder, das im Stall geschah.
In stillem Staunen knien sie nieder,
indes viel Engel singen ihre Lieder,
in weiten Himmelshöhn sie schweben
und lassen dies Geschehen miterleben,
von dem auch heut' noch jeder spricht,
der wahrgenommen solch' ein Licht.

Die Tiere ihre Köpfe
vor dem Kinde neigen,
und tiefe Andacht
spricht aus ihrem Schweigen.

So nahe war des Himmels göttlich Wesen
für einen Augenblick der Kreatur gewesen.

Bis heute wird der Krippe heller Schein
im nachherein ein Wegbegleiter sein,
der unsre Herzen froh und glücklich macht,
wenn wir bedenken, was in dieser Nacht
ein gnädig Schicksal uns gebracht,
das Heil der Menschheit zu erleben,
dem immer schon gegolten
ein sehnsuchtsvolles Streben.

Wolfgang Rinn, *geboren und aufgewachsen in Tübingen, Sonderschullehrer in der Behindertenarbeit, schreibt seit 1992 Gedichte, Veröffentlichungen in Lyrikbändchen, Anthologien, Zeitschriften und im Internet. Lebt heute in Reutlingen. Homepage: www.w-rinn.de*

Der kleinste Zeuge

Es war überraschend kalt geworden, denn die Nacht war sternenklar, und obwohl die Sonne tagsüber permanent geschienen hatte, war die Luft frisch. Der Mann fröstelte, zog seinen Umhang fester um seine Schultern und ging mit einem Seufzer auf das Dorf im Tal zu. Kein einziges Licht brannte. Die Häuser und Ställe schienen verlassen, doch der Mann wusste es besser. Er war schon einmal hier gewesen und erkannte die Umrisse der Herberge, die ihn und seine Frau für die Nacht aufnehmen sollte. Der Esel, der eine vermummte Gestalt trug, hatte die Witterung des Stalles aufgenommen und schritt schneller aus, sodass der Mann ihn zügeln musste.

„Ruhig", sagte er, „wir sind ja gleich da und dann gibt es Heu und Stroh." Das Tier hielt vor dem Gebäude und ließ ein kräftiges *IA* ertönen. Zunächst rührte sich nichts und der Mann klopfte energisch an das hölzerne Tor. „Hallo, Wirt! Kundschaft! Wach' auf und gib uns Obdach!"

Nach wenigen Augenblicken erschien ein Kopf am Fenster des ersten Stocks und missmutig tönte es: „Mach' nicht solchen Lärm. Meine Gäste wollen schlafen. Außerdem ist alles bis auf das letzte Bett belegt."

„Wo könnte ich denn noch unterkommen?"

„Armer Mann! Wegen der Volkszählung platzt unser Dorf aus allen Nähten. Du wirst schwerlich etwas finden. Hast du denn keine Verwandten, die dich aufnehmen könnten?"

„Leider nicht", antwortete der verzweifelte Mann. „Und meine Frau ist guter Hoffnung und kommt bald nieder!"

„Ich kann nur wenig tun", ließ sich der Wirt hören, „als einzige Möglichkeit bleibt noch unser Stall. Durch die Tiere ist es etwas wärmer und auf dem Stroh liegt es sich nicht ganz so hart. Wenn euch das reicht, so ist es mir recht."

Der Mann wollte schon dankend ablehnen, aber das leise Stöhnen der Gestalt auf dem Eselsrücken ließ ihn das Angebot annehmen. Er führte sein Tier in den an die Herberge angrenzenden Stall. Er verschloss sorgsam die Tür, half seiner Frau abzusteigen, schüttelte etwas Stroh aus, damit sie es bequemer haben sollte.

„Maria, wie fühlst du dich?"

Sie blickte ihn an. „Ich fürchte, dass meine Zeit gekommen ist. Da wir keine Amme haben, wirst du mir beistehen müssen, mein armer Mann."

Josef, so war sein Name, schluckte und versuchte, sich seine Aufregung nicht anmerken zu lassen „Das kriegen wir schon hin, keine Sorge. Ich bin der geborene Geburtshelfer."

Maria musste trotz der Schmerzen lächeln und schaute ihn dankbar an. Sie griff nach seiner Hand und verzog das Gesicht. Die Niederkunft stand kurz bevor.

„Ich bekomme keine Luft, Josef. Öffne bitte das Tor."

„Ist das nicht unvorsichtig? Die Kälte ist nicht gut für dich."

Maria sagte nur leise: „Bitte."

Trotz seiner Bedenken schlug Josef nun beide Türflügel zurück. Inzwischen hatten die Tiere einen Halbkreis um Maria gebildet. „Schau, Maria", sagte Josef und deutete in den ansonsten dunklen Himmel. „Dieser helle Stern. So etwas habe ich noch nie gesehen und sein Schein leuchtet genau hierher. Wenn das kein gutes Omen ist!"

Esel, Ochse und Schafe, sogar eine Ziege und Hühner standen still um Maria herum, so als ob ihnen die Situation klar wäre. Josef machte sich für die Geburt bereit und kniete an der Seite seiner Frau. Neben seinem Knie lag noch ein Zuschauer: eine kleine Nacktschnecke. Als Gott die Tiere schuf und ihnen Namen und Farben gab, da kam die Schnecke wegen ihrer Langsamkeit als Letzte an.

„Das ist aber dumm", sagte der Herr. „Ich werde dich Schnecke nennen, aber die Farben sind alle aufgebraucht. Du wirst farblos durch die Welt kriechen müssen. Aber das ist gar nicht so schlimm", setzte er hinzu, als er die enttäuschte Miene des Tieres sah. So kam es, dass die Schnecken, ob mit oder ohne Haus, ziemlich unansehnlich blieben.

Die Geburt begann und erwies sich als natürlicher Vorgang, der ohne Komplikationen ablief, obwohl es Marias erstes Kind war und der Assistent auch eine Premiere feiern konnte. Nach kaum einer Stunde hielt Maria ihren Erstgeborenen im Arm, nachdem Josef ihn ihr überlassen konnte. Er hatte alles wie in Trance automatisch richtig gemacht und jetzt betrachtete er das Bild, was sich ihm bot.

Der Schein des Sterns schien noch heller geworden zu sein und strahlte nun am Himmel, sodass die Nacht fast zum Tag wurde. Neugierig vom Schein angelockt, kamen Hirten mit ihren Hunden herbei.

„Ich habe das Kind zuerst gesehen", rief die Nacktschnecke. „Es ist ein Junge und er ist wunderschön. Kommt näher und seht ihn an. Halleluja!" Erschrocken hielt sie inne. Was sagte sie da? Alle schauten auf sie. Schon wollte sie sich verkriechen, aber sie war vor lauter Aufregung und Verlegenheit ganz rot geworden und sie schämte sich sehr.

Nach einiger Zeit wich das Rot und das Tier wurde bräunlich, schließlich wieder farblos. Aber das war alles nicht unbeobachtet geblieben.

Der Herr sprach also: „Weil du als Erste den Lobpreis meines Sohnes angestimmt hast, sollst du die Farbe erhalten, die dich in diesem Augenblick geschmückt hat. Deine Nachkommen werden zwischen allen Rot- und Brauntönen wählen können, als Dank für deine Schnelligkeit."

Wenn ihr also das nächste Mal eine Nacktschnecke seht, dann denkt daran: Als einzige Wesen dürfen sie bei ihrer Geburt wählen, mit welcher Farbe sie durchs Leben gehen wollen. Es ist die Belohnung für etwas Einmaliges: Damals in Bethlehem war die Schnecke ein einziges Mal schneller gewesen als alle anderen.

André Hénocque, *geboren 1948 in Hagen/Westfalen, verheiratet, drei Kinder, fünf Enkel, Rentner, früher Industriekaufmann. Publiziert: Kurzgeschichten in 15 Anthologien, mehrere Gedichte und Kurzgeschichten im Netz.*

Das erste Wunder

„Verschwinde, du räudiger Köter!" Wieder flog Mazal ein Schlappen um die Ohren. Mittlerweile war der Straßenhund daran gewöhnt. Auf seinen drei Beinen humpelte er in so schnellem Tempo um die nächste Straßenecke, die man einem verkrüppelten Hund nicht zugetraut hätte. Mazal hatte sein linkes Vorderbein schon als kleiner Welpe verloren und kam inzwischen gut mit seiner Behinderung zurecht.

Normalerweise gab es zwei Arten von Menschen in Bethlehem: die Schlappen-Werfer und diejenigen, denen Mazal leidtat und die sich seiner erbarmten. Die Kunst lag darin, zwischen diesen beiden Extremen zu unterscheiden, bevor es zu spät war. Mazal hatte in seinen sechs Lebensjahren diese Kunst perfektioniert. Aus diesem Grund konnte ihm auch dieser Schlappen nichts anhaben und zwei Straßen weiter gesellte er sich zu einer Gruppe von Straßenhunden, mit denen er hin und wieder das Fressen teilte.

Seit ein paar Tagen war Bethlehem nicht mehr wiederzuerkennen. Immer mehr Menschen strömten in die Stadt und suchten Unterkünfte. Das hatte zur Folge, dass die freien Nischen in den Seitengassen, wo Mazal sich nachts zum Schlafen versteckte, immer häufiger von Passanten flankiert wurden und nirgendwo mehr ein ruhiges Plätzchen auffindbar war. Die Gasthäuser waren überfüllt und so fiel nur noch wenig Futter für die Straßenhunde ab.

„Verrückt, diese Menschen", schimpfte Bosso, der Anführer einer Straßenköterbande, die immer gemeinsam auf Futterjagd ging. „Von überall her kommen sie und überfluten unsere Stadt. Wir können nur hoffen, dass sie bald wieder verschwinden, ansonsten müssen wir sie vertreiben." Die Mehrzahl der um ihn herum versammelten Hunde stimmte bellend zu.

Mazal war überzeugt, dass es einen Grund gab, dass all diese Menschen plötzlich hierherkamen. Bethlehem war eine wunderschöne Stadt. Vielleicht lag es daran. Oder aber es lag an dem leuchtenden

Stern, der seit einiger Zeit seinen hellen Schweif über den Nachthimmel zog. Mazal war ganz hingerissen von ihm. Schon mehrere Nächte war er dem Strahlen gefolgt und immer wieder hatte der Schein ihn zu einem alten Stall geführt, in dem ein Ochse wohnte. Der Ochse war sehr freundlich gewesen und hatte Mazal von seinem Wasser abgegeben. Warum der Stern jedoch ausgerechnet über seinem Stall schwebte, wusste er auch nicht. Seine Menschen waren nicht reich oder berühmt, aber guten und frommen Herzens.

„Scher dich weg, Mazal", rief Bosso ihm zu. „Du kannst uns sowieso nicht helfen mit deiner Krüppelpfote!"

Mazal war nicht auf Streit aus, deshalb nahm er lieber Reißaus. Die Dämmerung setzte sowieso bereits ein und die Silhouette des Schweifsterns war am Abendhimmel bereits erkennbar.

Ein paar Straßenblöcke weiter lief er einem jungen Paar über den Weg. Die Menschen übten eine ungekannte Faszination auf ihn aus. Ein unbeschreibliches Gefühl beschlich Mazal, eine Wärme, die von dem Mann und der Frau ausging und ihn zu streicheln schien. Die Frau war schwanger, das konnte sie unter dem blauen Mantel nicht verstecken.

„Wo sollen wir denn nur hin, Josef", jammerte die Frau. „Das ist jetzt schon die hundertste Herberge, die uns zurückweist. Das Kind wird bald geboren werden. Ich kann nicht mehr."

Der Mann nahm seine Frau in den Arm. „Sorge dich nicht, Maria. Gott wird uns helfen."

Sie klopften an der nächsten Tür und wurden wieder abgewiesen. Mazal fühlte Mitleid mit dem Paar und deshalb bellte er laut, um auf sich aufmerksam zu machen. „Sieh nur, Maria. Der Hund scheint uns etwas zeigen zu wollen", sagte der Mann und deutete Mazals Kopfnicken dahingehend, ihm zu folgen.

Mazal hinkte über die unebenen Pflastersteine langsamer als über die unbefestigten Nebengassen, doch das war nicht so schlimm, denn die hochschwangere Frau konnte auch nicht so schnell laufen. Ein Esel begleitete die beiden. Er hatte Gepäck geschultert, war aber zu störrisch, um zu sprechen. Oder er verstand Mazals Sprache nicht. Mazal führte die Herbergsuchenden zu dem Stall mit dem Ochsen.

„Josef", sagte die Frau, als sie dort ankamen, „schau doch, der Stern leuchtet über diesem Gebäude. Sicher wird man uns hier nicht zurückweisen."

Doch auch dieses Gasthaus war überfüllt und musste die Suchenden wegschicken. Der Herbergsvater fühlte jedoch Mitleid mit der schwangeren Frau und bot dem Paar einen Schlafplatz im Stall.

„Danke, Hund, dass du uns hierhergeführt hast", sprach der junge Mann und warf Mazal einen Brocken getrocknetes Fleisch zu, den er aus einer Tasche unter dem Mantel hervorgekramt hatte.

Doch Mazal dachte gar nicht daran, zu gehen. Zu sehr hielt ihn die Wärme, die von diesen Menschen ausging, im Bann. Deshalb versteckte er sich in einer dunklen Nische des Stalls, wo er nicht gesehen werden konnte. Auch vor anderen unsichtbar zu sein, hatte der dreibeinige Hund in den Jahren auf der Straße perfekt gelernt.

In derselben Nacht gebar die Frau einen kleinen Sohn, den sie in die Futterkrippe legte. Stimmen wie von Engelschören sangen vom Himmel herab in einer wohlklingenden Sprache und wunderschönen Melodien. Mazal spürte, dass diese keine gewöhnliche Geburt war und dieser Knabe kein gewöhnliches Kind. Es war gesegnet von Gott.

Kurze Zeit später kehrten Hirten mit ihren Schafen im Stall ein und fielen vor der Krippe auf die Knie. Doch sie beteten nicht für das Kind, sie beteten es an. In frommen Worten huldigten sie ihm und den stolzen Eltern. Selbst die Schafe und der freundliche Ochse hatten nur noch Augen für den neugeborenen Jungen, um dessen ebenmäßigen Kopf ein Schein strahlte, so hell wie der vom Stern am Himmel. Heilig war das Wort, das die Menschen gebrauchten, und endlich verstand Mazal, was sie damit meinten. Er fühlte sich so hingezogen zu dem Kind, dass er es kaum erwarten konnte, bis Mutter, Vater, Hirten, Schafe, Esel und Ochse eingeschlafen waren. Dann wagte er es, sich dem Knaben zu nähern.

Da geschah etwas Unglaubliches: Der Junge lächelte Mazal an und hob ein Ärmchen. Dann nickte er Mazal zu, und ehe es sich der Hund versah, wuchs sein linkes Bein zu ursprünglicher Größe, sodass er plötzlich wieder ohne Schwierigkeiten stehen und das Gleichgewicht halten konnte. Mazal konnte es kaum fassen: Ein Wunder war geschehen, er war wieder gesund.

Dass Jesus in seinem Leben noch viele weitere Wunder vollbringen würde, konnte Mazal nicht wissen. Dass er aber ein ganz außergewöhnlicher Mensch war, war Mazal klar geworden. Einer, der sich um die Ausgestoßenen und die Armen kümmert. Einer, der die Nächstenliebe schätzt. Einer, der für andere da ist und die Liebe lehrt. Ein echter Freund. Diese Geschichte würde Mazal weitererzählen. Seinen Freunden, Kindern und Kindeskindern, in der Hoffnung, dass sie niemals vergessen werden würde. Und deshalb erzähle ich sie heute dir. Erzähle sie weiter!

Stephanie Hope *ist Grundschullehrerin und ausgebildete Theaterpädagogin. Neben Kurzgeschichten verfasst sie Fantasyromane und ist im Bereich der Kinder- und Jugendliteratur tätig. Weitere Infos unter www.stephanie-hope.com.*

Immer wenn ich an München denke

Seit meiner frühesten Kindheit besuche ich alljährlich den Münchner Christkindlmarkt. Auch jetzt als Erwachsener erinnere ich mich in der Vorweihnachtszeit gerne an die Besuche von damals mit meinen Eltern. Und während ich in Erinnerungen schwelge, erfreue ich mich, dass diese Tradition in meiner Familie bis zum heutigen Tag anhält.

Nachdem ich an diesem Freitag meine Arbeit bereits kurz vor Mittag niedergelegt habe, kehre ich zurück nach Hause. Meine Frau Franziska erwartet mich, doch sie weiß noch nichts von meinen Plänen. Frederic ist soeben an der Haltestelle aus dem Bus gestiegen, ich sehe ihn durchs Küchenfenster näherkommen. Nun geht er die Vortreppe hinauf und sperrt die Eingangstür auf. Als er eingetreten ist, streichele ich ihn am Kopf und sage in meiner heiteren Wochenendlaune: „Setzen wir uns doch in einer Stunde in den Zug nach München und fahren auf den Christkindlmarkt."

Franziska sieht Frederic verschämt an und richtet sich sogleich an mich: „Wenn wir auf den Christkindlmarkt gehen, können wir auch den Kripperlmarkt besuchen."

Frederic nimmt seinen gewohnten Platz am Esstisch ein und wippt auf den hinteren Stuhlbeinen. Ob sie demnächst brechen werden? Bevor ich ihn rüge, hält er inne und lächelt seine Mutter an. Franziska kommt zu mir her, nicht ohne sich vorher noch einmal Frederics Blicken zu versichern: „Wir müssen dir etwas beichten, aber gib uns ein bisschen Zeit, in das noch junge Wochenende hineinzufinden."

Ich zucke mit den Schultern. Wenngleich ich naturgemäß neugierig bin, übe ich mich in Zurückhaltung.

„Worin besteht das Geheimnis, mit dem sie mich auf die Folter spannen? Aus welchem Grund müssen wir so dringend zum Kripperlmarkt? Wozu überhaupt eine Beichte?" So lauten nur einige meiner Fragen, die ich mir für den Moment allesamt verbitte, auszusprechen. Ganz kann ich es am Ende nicht lassen, deshalb lege ich meine

Hand auf Frederics Rücken und schlage vor: „Wenn du dich bereit fühlst, nur zu. Wenn nicht, dann halt nicht." Franziska trägt ihre Haare zu einem Zopf gebunden und aus heiterem Himmel fällt mir ein, dass sie kein Quäntchen eingebüßt hat von ihrer früheren Schönheit. Mein Eindruck bringt mich dazu, Franziska bei der Hand zu nehmen und sie zu der von Onkel Tom geschnitzten Krippe hinzuführen. Frederic heftet an ihr wie ein Magnet. Ich betrachte beide eingehend, nehme dann das Wunder der Handwerkskunst flüchtig in Augenschein, hebe meinen Daumen und sage: „Kompliment an euch! Für die vielen Jahre, die die Krippe mittlerweile hier steht, ist sie wirklich noch top in Schuss."

Frederic räuspert sich. Macht ihn womöglich der Jargon seines alternden Vaters verlegen? Irgendetwas flüstert er seiner Mutter hinter vorgehaltener Hand ins Ohr. Sie errötet und ich merke, wie sie gemeinschaftlich die Richtung meiner Blicke verfolgen.

Ich fahre mit meinem Handrücken über das Moos, das den Rasen auf dem Vorplatz der Krippe bildet. Winzige Kieselsteine zeichnen dort mittig einen Weg hin zu Maria und Josef. Das Paar ist vermutlich aus Eichenholz gefertigt. Wir haben es ehedem bei einem Schnitzer aus dem Grödnertal gekauft.

Das strohblonde Haar eines Engels lädt mich ein, nach ihm zu greifen. Bald aber widme ich mich den um einen Brunnen herumgruppierten Heiligen Drei Königen. Ein Lagerfeuer brennt und sogar ein Stoß von Holzscheiten lagert an der Stallwand. Jene Impressionen reizen mich zu den Worten: „Eure eigenwillige Anordnung gefällt mir sehr. Da ist Leben im Spiel, fein … Was aber …", und prompt habe ich mein Anliegen vergessen.

Überstürzt entgegnet mir Franziska: „Schau hin, Arbeiter mit Mistgabeln hat es auch."

Ich prüfe, ob die zwergenhaften Laternen tatsächlich leuchten. Mit meinen Fingerspitzen taste ich über Heu und erteile Frederic eine Lehrstunde von nicht mal einer Minute Dauer: „In Krippen waren Ochs und Esel, Kamel und selbst das Schaf ursprünglich gar nicht vorgesehen, wenn es nach der Bibel geht, weißt du das?"

Frederics Antwort? Stille! Obwohl ihn mein Beitrag wohl nicht sonderlich beeindruckt, wirkt seine Ruhe von Erleichterung getragen, weil er mit seiner Mutter weiterhin das Geheimnis hüten kann. Franziska zwinkert unserem Jungen zu.

„Los, wir machen uns auf zum Bahnhof", sage ich kurz darauf entschieden.

Gemeinsam begeben wir uns in die Garderobe, ziehen Schuhe an, Wintersachen, und brechen auf mit einem Rucksack, der nicht mehr als die nötigsten Sachen beinhaltet.

Kaum sind wir in den Zug eingestiegen, setzt er sich in Bewegung, und eine gefühlte halbe Stunde später stehen wir schon im glitzernden Lichtermeer. An einer der unzähligen Buden, in denen Glühwein ausgeschenkt wird und große Eimer mit Senf und Ketchup bereitstehen, um Rostbratwürsten Beilage zu sein, nehmen auch wir einen Stehtisch ein und pausieren. Während wir essen und trinken, sehen wir den nach und nach eintreffenden Menschen zu, wie sie in der aufziehenden Dämmerung die Zeilen des Marktes beleben. Inmitten des regen Treibens funkeln kleine Lämpchen überall zwischen grünen Zweigen, die an jeder nur erdenklichen Holzwand angebracht sind.

„Wenn ihr fertig seid, dann nichts wie auf zum Kripperlmarkt!", fordert Franziska.

Auf den Ablagebrettern der Stände, an denen wir entlangkommen, liegen reihenweise handgeschnitzte Figuren und ich frage Frederic: „Suchst du nach etwas Bestimmtem?"

Er schweigt mir gegenüber konsequent, hält aber zwischen zwei Ständen Rat mit seiner Mutter. Eine betagte Händlerin, die mithilfe eines ovalen Taschenspiegels ihr dünnes Haar richtet, beobachtet nebenher Franziska, die mit mir gerade über die Bedingungen für ein Geständnis zu feilschen anfängt: „Versprich Frederic, dass du ihn nicht schimpfst, und er wird mit der Sprache rausrücken."

Postwendend spreche ich zu Frederic, der alles mitbekommen hat: „Als ob du jemals Böses von mir zu hören bekommen hättest, nur weil du ehrlich warst."

Reumütig, so nehme ich an, senkt er seinen Blick und deutet auf eines der diversen Jesuskindlein.

„Dieses soll ich dir kaufen … Was ich nicht recht verstehe, wir haben doch schon eins, wozu brauchen wir ein zweites?"

Während ich mir die Einzelheiten unserer heimischen Krippe hervorrufen möchte, platzt Frederic in meine Gedanken: „Bei uns stehen Ochsen, Esel, ein Schaf und eine Katze, dann ist da noch Maria, auch Josef fehlt nicht, nicht die Heiligen Drei Könige. Der Zaun ist ohne Schrammen und alles, was zu einer Krippe gehört, ist da. Nur eben das Jesuskindlein fehlt."

Die Dame in der Bude bittet Frederic zu sich und gibt ihm anstandslos die gewünschte Figur in seine Hand. Ich strecke ihr einen Schein hin, sie weist ihn zurück: „Nun gut, machen wir halbe-halbe. Einen Teil zu mir, den anderen Teil zu dem netten Jungen in die Spardose."

„Es beginnt zu schneien", plärre ich Franziska und Frederic hinterher, die um Zentnerlasten befreit ein Tempo vorlegen, dem ich augenblicklich nicht gewachsen bin.

„Sollen wir das Jesuskind mit einem Tuch umwickeln oder es am besten bloß mit Heu zudecken?", höre ich Frederic Franziska fragen.

„So wartet doch!", rufe ich, bleibe stehen, strecke meine Zunge raus und warte, bis Flocken eintreffen. Als meine beiden Liebsten im Getümmel zu verschwinden drohn, jage ich ihnen nach, hole sie ein und sage völlig außer Puste: „Gewiss ist das Jesuskindlein in einer der Spielzeugboxen untergegangen. Zwischen Autos und Drachen, Bauklötzen und Malstiften wird es begraben sein ..."

Frederic übergibt das Jesuskind an Franziska, stemmt seine Hände in die Hüften, was seine Streckung hergibt, und plustert er sich vor mir auf: „Papa, warst du nie ein Kind, hast du niemals irgendwelche Dummheiten gemacht?"

Mit gehöriger Verspätung fährt der Zug im Hauptbahnhof ein. Franziska lässt uns beim Einstieg den Vortritt und sagt: „Meine beiden Kinder zuerst."

Oliver Fahn, geboren 1980, Pfaffenhofen an der Ilm, verfasst regelmäßig Kurzgeschichten für Kulturmagazine und Anthologien. Seine jüngsten Erfolge: „An der Pforte zur Teilhabe" bei Poems of Liberty Projekt Europa 2050 von der Friedrich Naumann Foundation (einer der beiden Sieger in der Kategorie „Europe of its Citizens"); „An der Seite des sonderbaren Mannes" für die Anthologie „ungebunden" der Stadt St. Pölten (eine von 20 ausgewählten Geschichten).

Das Weihnachtsschaf

„Es begab sich aber zu der Zeit, dass ...", begann die Mutter zu erzählen, doch da unterbrach sie ihre Tochter auch schon. „Ach nein, Mama. Nicht schon wieder. Jedes Jahr an Weihnachten erzählst du dieselbe Geschichte. Die haben wir doch jetzt schon oft genug gehört", sagte die neunjährige Mila in ungeduldigem Ton. Es war Heiligabend und sie konnte es kaum erwarten, die Geschenke auszupacken. Doch zuerst wollte ihre Mutter – wie jedes Jahr – die Weihnachtsgeschichte erzählen. Dabei kannten Mila und ihr kleiner Bruder Rune die doch schon in- und auswendig.

„Bist du sicher, dass ihr sie genau kennt?", fragte die Mutter schmunzelnd.

Mila nickte und auch ihr siebenjähriger Bruder wurde langsam ungeduldig. „Ja, Mama", sagte er. „Ich habe die Geschichte schon im Kindergarten gehört und dieses Jahr auch in der Schule." Rune war dieses Jahr in die erste Klasse gekommen und mächtig stolz darauf, was er bereits alles gelernt hatte. Dazu gehörte aber eben auch die Weihnachtsgeschichte, die er schon vorher gekannt hatte.

„Mmh, schade", seufzte die Mutter, da sie die Geschichte sehr gerne erzählte.

„Wie wäre es denn wenigstens mit einer Kurzfassung?", meinte der Vater, der die Ungeduld seiner Kinder verstehen konnte, aber auch seiner Frau gerne beim Erzählen zuhörte und nicht wollte, dass sie enttäuscht war.

„Okay", sagte Mila sofort. Und schnell begann sie, zu erzählen: „Maria und Josef waren mit einem Esel unterwegs. Maria war schwanger und nachdem sie keine Herberge gefunden hatten, ließen sie sich in einem Stall in Bethlehem nieder. Maria brachte einen Sohn zur Welt und legte ihn in eine Krippe. Sie nannte ihn Jesus. In der Nähe waren Hirten, zu denen sprach ein Engel: *Fürchtet euch nicht, euch ist heute Gottes Sohn, der Retter der Welt, geboren.* Die Hirten machten sich auf den Weg und freuten sich, als sie das Kind fanden, das Frieden unter die Menschen bringen sollte. Und deshalb, weil Gottes Sohn geboren wurde, feiern wir heute Weihnachten." Sie machte eine Pause, dann sagte sie: „Können wir jetzt die Geschenke auspacken?"

„Das hast du gut in Erinnerung", erwiderte die Mutter. „Aber was haben denn die Geschenke damit zu tun?"

„Na, Jesus bekam auch Geschenke von den drei Weisen aus dem Morgenland", antwortete Rune.

„Ja", stimmte Mila ihm zu. „Und außerdem zeigen die Menschen sich durch die Geschenke, wie gern sie einander haben. Schließlich wollte Gott, dass durch seinen Sohn Frieden unter die Menschen kam."

„Na gut", meinte die Mutter jetzt. „Ihr wisst wirklich gut Bescheid. Aber das Weihnachtsschaf, das mit den Hirten unterwegs war, habt ihr gar nicht erwähnt."

„Was für ein Schaf?", fragte Rune neugierig.

Und auch Mila sagte: „Davon hast du uns nie erzählt."

„Na gut, dann möchte ich euch heute davon erzählen. Jetzt, nachdem du die Weihnachtsgeschichte so gut für uns zusammengefasst hast, Mila, ist dafür sicherlich noch kurz Zeit, bevor wir die Geschenke auspacken", sagte die Mutter. Dann begann sie, zu erzählen: „In der Nacht, in der Jesus geboren wurde, waren einige Hirten mit ihren Schafen unterwegs. Sie liefen die hügelige Landschaft entlang, immer darauf bedacht, dass keines ihrer Schafe verloren ging. Als sie gerade eine Pause machten, damit die Herde grasen konnte, erschien ihnen ein Engel. Er erzählte ihnen – wie ihr ja wisst – von Jesus, Gottes Sohn. Also machten die Hirten sich auf den Weg zu ihm. Doch sie konnten keinesfalls alle Schafe mitnehmen. Also suchten sie für die Tiere einen Platz, an dem sie die Nacht verbringen konnten. Sie fanden einen Unterschlupf, eine Höhle, groß genug für alle Schafe. Einer der Hirten blieb bei den Schafen, die anderen machten sich auf zum Stall, über dem hell ein Stern leuchtete. Ein Schaf allerdings war besonders neugierig. Es hatte den Worten des Engels gelauscht und wollte unbedingt das Kind sehen, von dem er gesprochen hatte. Heimlich schlich es sich aus der Höhle, ganz leise und unbemerkt von den anderen, durch die Dunkelheit. Es folgte den Hirten in einigem Abstand, um nicht entdeckt zu werden. Und wenn es sie doch mal kurzzeitig aus den Augen verlor, orientierte es sich am Stern, der glänzend am Nachthimmel funkelte. Irgendwann erreichten die Hirten und auch das Schaf den Stall. Jetzt erst gab es sich zu erkennen. Die Hirten waren erstaunt. *Na, wo kommst du denn her?*, fragte einer von ihnen. Und ein anderer sagte: *Es ist uns wohl unauffällig gefolgt.* Doch dann kümmerten sie sich nicht länger darum und ließen es sich zu den anderen Tieren im Stall gesellen. Ein Esel und ein Ochse hatten es sich dort immerhin auch gemütlich gemacht. Sie traten an die Krippe, begrüßten Maria, Josef und das Jesuskind und bewunderten dieses kleine Bündel, in Windeln gewickelt, das Gottes Sohn sein sollte. Dann unterhielten sich die Hirten in einer Ecke des Stalls mit Maria und Josef und das Schaf trat an die Krippe heran. Es steckte seinen Kopf hinein und stupste das Jesuskind vorsichtig an. *Was für ein Wunder du doch bist*, dachte es. *Wenn ich doch etwas dieses Wunderbaren hinaus in die Welt tragen könnte. Immerhin komme ich mit der Herde ziemlich viel in der Welt herum.* Als hätte das Kind die Gedanken des Schafes gehört, streckte es seine kleine Hand nach ihm aus und berührte sanft sein warmes, weiches Fell. In diesem Moment begann die weiße Wolle des Schafes hell zu glänzen. Nicht allzu auffällig, aber doch hatte sich ein silbrig-goldener Schimmer über sein Fell gelegt. Das Schaf spürte eine unglaubliche Freude und die Gewissheit, dass nicht nur Jesus selbst für Frieden sorgen würde, sondern dass jeder Mensch, aber auch jedes Tier etwas dafür tun konnte, dass Liebe unter den Menschen herrschte. Egal wie klein und unscheinbar jemand war, jeder konnte etwas bewirken. Und nicht nur deshalb, weil Gott durch seinen Sohn Liebe zu uns brachte, sondern auch, weil das kleine Weihnachtsschaf diese Liebe auf der Reise mit den Hirten weiter durch die Welt trug und jeder, der es streichelte, etwas von seinem Glanz spürte, und wir selbst alle etwas zur Liebe und dem Frieden auf der Welt beitragen können, feiern wir heute Weihnachten."

Die Mutter beendete ihre Erzählung. Der Vater und die Kinder schwiegen einen Moment.

Dann sagte Mila: „Das ist wirklich wahr. Jeder von uns kann etwas tun. Selbst wir Kinder, oder Rune?"

„Oh ja!", rief ihr Bruder freudig. „Ich habe letztens einem Freund in der Schule geholfen, als er beim Rechnen nicht weiterkam."

„Und ich habe mit unserer neuen Mitschülerin die Stifte geteilt, weil sie noch keine eigenen hatte", erzählte Mila. Dann seufzte sie

zufrieden und sagte: „Ach, Mama, weißt du was? Ich glaube, diese Geschichte möchte ich doch noch mal hören."

„Das kannst du gerne", antwortete die Mutter lächelnd. „Nächstes Jahr an Weihnachten."

Und dann machten sie sich daran, die Geschenke auszupacken. Mila bekam einen Pferdestall aus Holz mit allerlei Figuren und Zubehör zum Spielen. Rune bekam eine Autorennbahn, die er sogleich aufbaute und deren Autos er mit seinem Vater um die Wette fuhr. Für die Eltern hatten Mila und ihr Bruder mehrere Bilder gemalt und zusammengeheftet, sodass sie sich wie ein Buch blättern ließen. Nach der Bescherung sang die Familie gemeinsam Weihnachtslieder und am späten Abend schlief Mila müde, aber glücklich ein. Es war ein schönes Weihnachtsfest gewesen, besonders, nicht nur wegen der Geschenke, sondern vor allem, weil sie vom Weihnachtsschaf erfahren hatte und die Liebe spürte, die Gottes Sohn in die Welt gebracht hatte. Die Liebe, die jeder, der wollte, weitergeben konnte.

Sarah Sophie Vierheller wurde 1996 in Darmstadt geboren. Nach dem Abitur studierte sie Deutsch und Evangelische Religion, zuerst in Flensburg, dann in Oldenburg, der Stadt, in der sie derzeit wohnt.

Damals in Bethlehem

Wie friedlich war die kleine Welt
in jener Nacht auf dunklem Feld.
Ach, wär der Friede nur geblieben
wie Lukas ihn so schön beschrieben.

Ein Ochse und ein Esel steh'n
in einem Stall in Bethlehem.
Doch lange sind sie nicht allein,
denn plötzlich ziehen Menschen ein.

So nett und freundlich sind die beiden,
der Esel mag sie gleich gut leiden.
Sogar der Ochse ist entzückt,
das war noch keinem Mensch geglückt.
Und unseren Tieren wird schnell klar:
Das hier ist ein besonderes Paar.

Sie schauen zu der Krippe hin,
denn da liegt jetzt ein Kindlein drin.
Sie wissen auch nicht wie's geschah,
der Kleine war auf einmal da.

Ein Sternlein fällt vom Himmel jetzt
Und hat sich auf den Stall gesetzt.
Mit hellem Strahl macht dieser Gast
den Stall zum goldenen Palast.

Sein Licht erleuchtet selbst die Nacht,
die sich inzwischen breit gemacht.
Ein Mäuslein huscht vorbei, ganz schnell.
Ihm ist's im Stall jetzt viel zu hell.

Der Esel sieht nun Hirten kommen,
die von der Kindsgeburt vernommen.
Und Schafe blöken sanft wie nie,
sie gehn vorm Kindlein in die Knie

Die Männer bleiben schweigend stehn,
Doch Ochs und Esel können sehn,
dass heiter sie und glücklich sind,
weil sie erblicken dieses Kind.

Sie haben Flöten mitgebracht
und spielen nun in dieser Nacht
im Stall ein kleines Wiegenlied.
Man glaubt es kaum, was hier geschieht.

Der helle Stern, er zog sodann
auch noch drei weitere Gäste an.
Ihr ahnt, wer vor der Krippe stand:
Die Weisen aus dem Morgenland.

Wie reich die drei gekleidet sind
und trotzdem suchen sie das Kind
an diesem jämmerlichen Ort.

Sie kennen das Prophetenwort.
Sind klug genug, um zu versteh'n,
dass wahre Größe nicht zu seh'n.
Sie ehren nun das Kind im Feld
Als Retter und als Herrn der Welt.

Ein Ochse und ein Esel steh'n
Im kleinen Stall in Bethlehem.
Und schaut, wie stolz die beiden sind,
auf dieses wunderbare Kind.

Martina Reinhard M.A., *1963 in Jüchen-Bedburdyck geboren, arbeitet seit 1993 als Redakteurin im Pressereferat eines Düsseldorfer Sozialversicherungsträgers. Im Jahr 2022 hat sie ein Buch mit biblischen Balladen unter dem Titel „Nur du kannst helfen, Davidssohn" veröffentlicht. Im selben Jahr erschien ihre Geschichte „Das schönste Weihnachten" im Band 15 der Anthologie „Wünsch dich ins Wunder-Weihnachtsland. Martina Reinhard wohnt mit ihrem Mann, ihrem Sohn und Kater Fritz in Düsseldorf.*

Vom übergroßen Wunder in Betlehem

Die Tore in Betlehem waren schon geschlossen, das rege Treiben in den Straßen einer dunklen Stille gewichen. Die vielen Menschen, die sich wegen der Volkszählung in der Stadt aufhielten, hatten in ihren Unterkünften bereits die Lichter gelöscht.

Der kleine Engel hockte unter einem Felsvorsprung nahe der Stadtmauer. Über ihm erstreckte sich endloser Himmel mit ungezählten Sternen, die blinkten und strahlten, als gäbe es auf den kargen, sandigen Hügeln darunter etwas Bedeutsames zu erhellen. Sicher, etwas Ungewöhnliches, etwas ganz Unerhörtes musste vorgefallen sein, denn sonst wäre der kleine Engel nicht mit einer ganzen Heerschar zur Erde geschickt worden. Nun hatte er in der allgemeinen Aufregung seine himmlischen Freunde verloren. Die wollte er jetzt suchen.

Zwinkerte ihm da nicht ein besonders heller Stern zu? Eine Weile betrachtete der Engel, wie sich der Stern sogar vorwärts bewegte, dann beschloss er, ihm zu folgen.

Viele Steige führten zwischen den Hügeln in verschiedene Richtungen, aber der Engel war zuversichtlich, den richtigen Weg zu finden. Magere Büsche, die tagsüber die Weiden der Schafherden waren, warfen aus der Dunkelheit noch dunklere Schatten ins Sternenlicht. Vollständige Stille umfing den Engel auf seinem Weg.

Lag dort vor ihm nicht etwas Helles am Boden? Hatte es sich nicht bewegt? Der Engel trat näher. Tatsächlich. Ein kleines Schaf, ein Lamm. Ungewöhnlich für diese Jahreszeit.

Als es den Engel bemerkte, sprang es auf.

„Was tust du denn da so allein? Wo ist denn deine Herde?", fragte der Engel.

„Weiß nicht", meinte das Schaf. „Ich hab noch gar nicht mitgekommen, dass alle fort sind! Wo sind sie denn?" Ratlos und zunehmend panisch begann das Lamm, hin und her zu laufen und ängstlich zu blöken.

Der Engel berührte es am Kopf und es wurde gleich ruhiger. „Ich bin auch allein unterwegs und suche meine Heerschar. Du kannst gern mitkommen. Vielleicht treffen wir deine Herde unterwegs!"

Dem Lamm blieb ohnehin nichts anderes übrig, wenn es nicht allein mitten in der Nacht in den Hügeln bleiben wollte. Es hüpfte voran, weil es hier jeden Weg und jeden Pfad kannte.

Auf weichen Graspolstern unter einem Strauch hatte es sich ein Wolf bequem gemacht. Sein Kopf lag auf den Vorderpfoten, er schlief tief und fest. Das unbekümmerte Lamm sprang an ihm vorbei, ohne ihn zu bemerken. Der Wolf erwachte und sah seine Chance auf ein Nachtmahl gekommen. Geduckt verfolgte er es, jederzeit zum Sprung bereit. Da war ja noch was! Weitere Beute?

Der Engel hob die Hand und wies den Wolf zurück. „Du willst sicher gut mit uns auskommen. Also lass das Lamm in Ruhe."

Der Wolf sah überrascht den Engel an. „So was wie dich hab ich auch noch nie gefre... gesehen. Wo kommst du denn her?"

„Ich suche meine Heerschar, das Lamm sucht seine Herde und du suchst sicher gute Gesellschaft. Also komm mit. Du siehst doch den hellen Stern da oben? Dem folgen wir."

Da der Wolf jetzt sowieso keine Aussicht auf ein gefundenes Fressen hatte, schloss er sich den beiden an: zuerst das Lamm, dann der Engel und am Schluss der Wolf.

„Sicherheitshalber", dachte der Engel.

„Wird schon noch", dachte der Wolf.

Das Lamm dachte nichts und sprang fröhlich vor den beiden her. Bald würde es seine Herde gefunden haben, da war es zuversichtlich.

Um ein Gespräch in Gang zu bringen, fragte der Wolf den Engel: „Von welcher Heerschar hast du denn vorhin gesprochen? Gibt es denn mehr von deiner Sorte?"

Der Engel musste lächeln. Er ahnte, wie dem Wolf schon wieder der Mund wässrig wurde. Deshalb erklärte er: „Ja, eine ganz große Menge. Wenn wir fliegen, dann erhellen wir den Himmel mit unseren weißen Schwingen. Die Menschen denken dann, das seien besonders schöne Wolken. Vielleicht hast du uns ja auch schon gesehen. Heute ist sicher etwas ganz Großes geschehen, weil plötzlich alle auf und davon sind und auf mich vergessen haben. Aber vielleicht war ich auch nur etwas verträumt, das werfen mir nämlich die großen Engel oft vor."

Der Wolf dachte nicht mehr so sehr an seine Beute, als sich das Lamm unbekümmert an ihn wandte: „Es gibt doch da solche Geschichten vom bösen Wolf. Bist du auch so einer?"
Der Wolf erschrak so, dass er kurz stehen blieb. Der Engel bemerkte, wie sehr ihn diese Frage getroffen hatte, und antwortete an seiner Stelle: „Aber, Lamm, wie kannst du von unserem Weggefährten so schlecht denken! Er begleitet uns zu etwas ganz Großem, etwas, das die Welt und alle, die darauf wohnen, verändert, das Oben nach unten und das Hinten nach vorne kehrt. Ihr werdet schon noch sehen!"

Schweigend liefen sie weiter unterm prächtigen Sternenhimmel, dem einen großen Stern folgend. Der stand jetzt über einer ärmlich aussehenden Hütte, die in ein strahlendes Licht getaucht war. Der Engel begann zu laufen, hatte er doch im hellen Licht seine Engelfreunde erkannt. Das Lamm begann zu springen, hatte es doch vor dieser Hütte seine Herde entdeckt.

Und der Wolf? Der blieb stehen. Was zog ihn zum Licht hin? Was war es, das ihn zwang, darauf zuzugehen? Schritt für Schritt, zwischen all den Hirten und Schafen. Schließlich stand er neben einem alten Hirten, der gebannt auf das Licht sah.

Gedankenverloren strich seine Hand über den Kopf und das Rückenfell des Wolfes, während die Engel ihr Halleluja für ein neugeborenes Kind sangen und das Licht und die Klänge alle mit übergroßer Freude erfüllten.

Elisabeth Seiberl *aus Vorderweißenbach, Oberösterreich, veröffentlicht Kurzgeschichten und Gedichte in Anthologien und Literaturzeitschriften.*

Chery und der Stern des Ostens

Warum ist es plötzlich so hell?
Als Chery aufwacht, sieht er ein Licht. Hat er mit offenen Augen geschlafen? Vorsichtig legt Chery die Finger auf seine Lider. Beide Augen sind geschlossen. Trotzdem schaut er in ein helles, leicht bläuliches Licht.
Endlich öffnet Chery die Augen. Er erkennt seine Umgebung. Sein Zuhause. Seine Frau Laya neben sich. Die Kinder.
Das Licht wird schwächer, ein heller, bläulicher Punkt bleibt. Chery weiß, was das zu bedeuten hat.
„Laya, steh auf. Mache mir etwas zu essen. Es ist so weit."
Chery kleidet sich in sein bestes Gewand.
Laya entfacht ein Feuer und backt Chapatis. Sie verstaut einige davon zusammen mit anderen Vorräten in zwei Beuteln. Dann geht sie ins hintere Zimmer und nimmt ihre schönsten Ohrringe sowie zwei wertvolle Halsketten. Alles aus purem Gold. Sie hatten darüber gesprochen. Laya wickelt die Schmuckstücke in ein weiches Tuch und legt sie unter die Leibwäsche, die sie für Chery zum Wechseln einpackt.
Chery betrachtet seine drei schlafenden Kinder. Er spricht ein leises Gebet. Dann gibt er jedem Kind einen sanften Kuss auf das Haar.
Die Reise würde unsicher werden. Chery weiß nicht, ob er lebend zu seiner Familie zurückkehren wird.
Laya weint.
„Möge Lord Ganesha deine Reise segnen."
Chery küsst ihre Tränen weg.
Im Morgengrauen, als das Lasttier fertig bepackt ist, macht er sich auf den Weg.
Nach zwei Tagen kommt Chery in Machtura an. Hier möchte er sich einer Karawane anschließen, mit der er durch Persien in Richtung Damaskus reisen wird. Es ist sicherer, eine solche Reise nicht alleine anzutreten.

Chery ist einer der bedeutendsten Rishis Indiens. Er weiß, dass diese Reise sein Leben verändern wird. Und nicht nur das. Die ganze Welt wird sich neu ordnen müssen.

Jeden Morgen und jeden Abend setzt Chery sich zur Meditation. Er konzentriert sich ganz auf den Punkt zwischen den Augen. In jeder Meditation schaut er das helle Licht. Es wird ihn führen. Sie nennen es den Stern des Ostens. Nur Menschen, die auf ihrem Weg weit fortgeschritten sind, können dieses Licht wahrnehmen.

Als Chery auf Jeevan trifft, erkennen beide intuitiv, dass sie dasselbe Ziel haben. Sie beschließen, fortan zusammen zu reisen. In vier Tagen wird die nächste Karawane losziehen. Zeit genug also, um ihre Vorräte aufzufüllen. Auf den Basaren von Machtura wird alles angeboten, was Reisende brauchen.

Für ein paar Rupien bekommen Chery und Jeevan ein einfaches Lager im Schlafsaal einer kleinen Herberge. 24 Strohmatten mit jeweils einem kleinen Kissen liegen dicht beisammen. Decken brauchen sie nicht. Es ist warm genug.

In der Herberge begegnen sie Nilay. Er ist am Vortag angereist.

„Bist du ebenfalls aufgebrochen, um das Wunder zu schauen?"

„Ja, auch ich folge dem Licht!"

In dem kleinen Stoffbeutel, den Nilay um den Hals trägt, ist kostbare Myrrhe. Ein Geschenk für den neuen König und für seine Mutter. Nilay weiß, ebenso wie Chery und Jeevan, dass diese Reise sie zum Ziel ihres eigenen Lebens und gleichzeitig zum Licht der Menschheit führen wird. Sie sind ausgesucht, Zeugen von etwas zu sein, was mit Worten nicht zu beschreiben ist. Gott wird Mensch. So etwas geschieht nur alle paar Tausend Jahre. Jeevan hat für den neugeborenen König Weihrauch eingepackt. Der Beste ist gerade gut genug.

Alle drei Rishis folgen dem Stern des Ostens und alle drei wissen, dass er sie führen wird. Gott hat sich erneut in einen Menschen inkarniert. Er ist herab auf die Erde gekommen. Chery spürt während seiner Meditationen die ekstatische Liebe Gottes. Seinen beiden Mitreisenden ergeht es ähnlich.

Nach ihrer monatelangen beschwerlichen Reise spürt Chery, dass es an der Zeit ist, eine andere Richtung einzuschlagen. Nachdem sie Persien durchquert und die Arabische Halbinsel erreicht haben, beschließen die drei Männer, abseits der Karawane am südlichen Ufer des Toten Meeres entlangzuwandern. Der Weg ist nicht mehr weit. Chery weiß, dass das Ziel ihrer Reise zum Greifen nahe ist.

Als sie die Gegend um Idumäa durchwandern, werden Soldaten des Königs auf die drei fremdländischen Männer aufmerksam.

„Was tut ihr hier?"

„Ein neuer König ist geboren. Wir wollen ihm huldigen."

„Ein neuer König? Niemals!"

Die Soldaten nehmen die Rishis gefangen und bringen sie in eine Kammer des königlichen Palastes.

Als König Herodes von den Männern erfährt, befiehlt er, die drei vorläufig gefangenzuhalten, sie jedoch gut zu behandeln. Er würde sie in den nächsten Tagen vernehmen.

„Was treibt ihr in meinem Land?"

„Wir wollen den neugeborenen König finden und ihm Geschenke bringen."

„Ein neuer König? Pah! Wer sollte das sein? Niemand würde es wagen!" Herodes spürte kalte Wut. Er ist der alleinige König. Und nach ihm wird einer seiner Söhne den Thron erben. Er wird die drei Fremden in eine Falle locken. Also setzt er sein freundlichstes Gesicht auf.

„Sehr schön, sehr schön. Bitte, wenn ihr den neuen König gefunden habt, so kommt hierher zurück und teilt mir mit, wo er sich aufhält. Auch ich möchte ihm meine Ehrerbietung erweisen."

Sie stehen mitten auf einem Feld. Ein kleines landwirtschaftliches Anwesen liegt vor ihnen. Es ist malerisch eingebettet in eine karge Hügellandschaft.

„Das muss es sein." Chery ist sicher. Sie haben ihr Ziel erreicht! Unterwegs haben Hirten von einem strahlenden Licht und himmlischen Gesängen berichtetet. Einige von ihnen haben sich mit ihrer Herde in der Nähe der Scheune versammelt.

Chery klopft an die Tür des Hauses. „Wo finden wir das neugeborene Kind?"

„Dort drüben, in der Scheune."

Chery schaut das Kind an. Es besteht kein Zweifel. Sie sind am Ziel ihrer Reise angekommen. Das Kind trägt die üblichen Merkmale, die nur den höchsten Brahmanen bekannt und vorbehalten sind. Dies hier ist wahrhaftig Gott selbst. Die Rishis stimmen ihr

Mantra an. Das Kind wird still. Es lauscht den Sanskrit-Gesängen. Es schaut Chery an, als ob es versteht, was vorgeht. Alle drei Rishis segnen das Kind und seine Eltern. Sie reichen Maria ihre Geschenke für das Kind.

Gold – auf dass die ewige befreiende Wahrheit angenommen wird. Weihrauch – für die Hingabe an Gott und für ewige Herzensliebe. Myrrhe – als Würdigung der bitteren Prüfungen und des Opfers, welches die göttliche Mission fordern würde.

Wenig später verabschieden sie sich von dem kleinen Jungen und seinen Eltern.

Mitten in der Nacht wacht Chery auf. Sie haben ein Quartier in Bethlehem gefunden, in dem sie die Nacht verbringen können, bevor sie den langen Heimweg antreten werden. Eine lichtweiße Gestalt sitzt neben seiner Schlafmatte.

„Geht nicht zurück zu Herodes. Er lockt euch in eine Falle. Er will euch und das Kind töten."

So nehmen die drei Rishis den Weg über das Nordufer des Toten Meeres. Noch lange spürten sie den Segen der Begegnung mit der heiligen Familie.

So könnte es gewesen sein.
Damals in Bethlehem.

Daniela Pickhardt, *Jahrgang 1966, ist nicht nur eine anerkannte Heilpraktikerin und ausgebildete Kreativtherapeutin, sondern auch eine begeisterte Autorin. Ihre Kurzgeschichten haben bereits in zahlreichen Anthologien Platz gefunden. Ihr erstes Buch „Der Kern des Yoga bin ich Selbst" wurde 2022 veröffentlicht. Daniela ist die Autorin des Blogs www.herbstzeitrosen.de und des Podcasts „Zeit für Herbstzeitrosen." Schwerpunktmäßig geht es in Blog und Podcast um die speziellen Herausforderungen und Chancen, die Frauen in der zweiten Lebenshälfte begegnen. Daniela bietet (online) sowohl Einzelcoachings als auch Themenabende für Gruppen an. Daniela praktiziert täglich Yoga und Meditation und lebt mit ihrem Mann in Willich am Niederrhein.*

Die Nacht, an dem der Himmel auf die Erde kam

Es war eine ganz wundersame Nacht, in der das Jesuskind geboren wurde. Eine Nacht, die es seitdem nie wieder gegeben hat und auch nie wieder geben wird.

Das Jesuskind lag selig schlafend in der Futterkrippe. Maria ruhte, von der Geburt erschöpft, im Stroh. Doch sie war ganz verzaubert von dem kleinen Kind, das sie in der Armseligkeit des Stalles geboren hatte.

Das Baby schien glücklich und zufrieden zu sein, als könne ihm die Kälte und das unbequeme Krippenbettchen nichts anhaben. Wie alle Mütter war Maria stolz auf ihr Kind. Es war das schönste, das sie je gesehen hatte. Aber sie verstand noch nicht, wie all das geschehen konnte.

Ein Engel hatte sie besucht und ihr gesagt, dass sie bald ein Kind bekommen würde. Als sie Josef, ihrem Freund, davon erzählte, wollte er es nicht glauben und war ärgerlich. Erst als der Engel auch ihm im Traum erschien, nahm er Maria als seine Frau zu sich.

Doch dann kam diese dumme Nachricht vom Kaiser. Er wolle die Menschen aus seinem Reich zählen. Darum sollten sich alle in Listen eintragen, dort, wo sie geboren waren. So musste Josef schweren Herzens mit der schwangeren Maria zu Fuß nach Bethlehem ziehen. Ein langer, beschwerlicher Weg. Aber das Schlimmste war, dass sie dort in Bethlehem keine Herberge zum Übernachten fanden. So waren sie schließlich in dem Stall gelandet, und Josef half Maria bei der Geburt des Kindes. In dem Augenblick aber, als Josef das Kind in die Krippe legte und mit Marias Tuch zudeckte, verbreitete sich im Stall ein ganz wundersames, warmes, goldschimmerndes Licht. Das Stroh strahlte, als wäre es aus purem Gold.

Das Hirtenmädchen Esmeralda, das mit seiner kleinen Schafherde gerade vorbeizog, sah das Licht von draußen durch das Fenster scheinen. Weil es sich wunderte und auch, weil ihm so kalt war, klopfte es an und öffnete ganz vorsichtig die Stalltür. Als es den Kopf neugierig durch den Spalt schob, blickte es direkt in die leuchtenden Augen des Jesuskinds. Nie hatte ihm jemand so zugelächelt. Und nie hatte sich Esmeralda so glücklich und frei gefühlt. Das wärmende Licht, das von dem Kind ausging, durchströmte das Mädchen. Es spürte in sich eine unbändige Freude.

„Ist hier der Himmel auf die Erde gekommen?", fragte Esmeralda erstaunt und trat ein.

So hatte der Großvater ihr früher den Himmel beschrieben, wenn er am Abend Geschichten erzählte. „Dort oben erstrahlt alles im allerschönsten Licht", hatte er gesagt. „Du fühlst eine Leichtigkeit und Wärme, die dich überglücklich macht. Sieh mal! Die Sterne dort oben! Sie schicken uns etwas von diesem Licht herunter auf die Erde und sagen uns: Fürchte dich nicht! Du bist nicht allein. Gott und seine Engel wachen über dir."

Aber Großvater war schon lange tot. Mutter und Vater waren krank geworden und auch gestorben. Die Angst war zurückgekehrt in Esmeraldas Leben. Ganz allein war sie mit ihrem Hund und der kleinen Herde Schafe durchs Land gezogen. Oft war sie verzweifelt und wusste nicht, wie es weitergehen sollte. Sorgen und Ängste machten ihr Leben unerträglich schwer. So schwer, dass sie sich oftmals den Tod gewünscht hatte.

Doch hier im Stall war alles anders. Begann für Esmeralda von nun an eine neue, eine bessere Zeit? Staunend blickte sich das Mädchen im Stall um.

Maria lächelte ihr zu: „Ja! Du hast recht, mein Kind. Hier ist etwas ganz Wunderbares geschehen! Wir können es selbst nicht glauben." Sie winkte Esmeralda zu sich. „Woher kommst du? Wo sind deine Eltern?"

Esmeralda reichte Maria die Hand und begann zu erzählen. Die Worte sprudelten nur so aus ihr heraus und mit ihnen die schwere Last, die sie bedrückte. Maria und Josef hörten aufmerksam zu. Doch obwohl das Jesuskind erst geboren war, hatte Esmeralda das Gefühl, dass dieses kleine Kind ihre Sorgen und Nöte am besten verstand. Zuversichtlich und sanft schaute das Jesuskind das Hirtenmädchen an. Esmeralda war, als sei das Leben nicht mehr bedrückend, sondern voller Hoffnung und Freude! War es möglich, dass Kummer und Sorgen sie nicht mehr gefangen nehmen würden? Tief einatmend schloss sie die Augen. Innig bittend wünschte sie sich, dass nun alles gut werden würde. Auf einmal spürte sie die Hand des Jesuskinds an der ihren streicheln. Schnell schlug Esmeralda die Augen auf. Das Jesuskind strahlte und gluckste vor Freude. Es hielt ihr einen goldenen Halm vom Stroh aus der Krippe hin.

„Ich glaube, das Kind will dir den Halm schenken. Sieh nur!", staunte Josef.

Esmeralda nahm den goldgelben Halm. „Danke! Du schenkst mir etwas?", fragte sie erstaunt. „Du hast doch selber nichts!"

Aber das Jesuskind lachte so froh, als gehöre ihm die ganze Welt. Esmeralda hielt den Halm in ihren Händen und überlegte. Dann kam ihr eine Idee. Schnell nahm sie den Haarkranz, den sie sich aus Binsen geflochten hatte, um ihre Haare im Zaum zu halten, vom Kopf. Mit flinken Fingern flocht sie den Halm hinein. Der Kranz erstrahlte golden glitzernd, als Esmeralda ihn auf den Kopf setzte.

„Hübsch siehst du aus!", freute sich Maria. „Gott hat dich gesegnet!"

„Du wirst für immer gesegnet sein!", spürte auch Josef. „Gott ist mit dir. Du brauchst dich nie mehr zu fürchten!"

„Danke", sagte Esmeralda erleichtert, beugte sich zum Jesuskind hinunter und küsste es auf die Stirn. „Nun weiß ich, dass Großvater recht hatte!" Sie verabschiedete sich und ging glücklich hinaus zu ihren Schafen.

Seit dieser Nacht war das Glück mit dem Hirtenmädchen. Was es auch tat, nie vergaß es diese Nacht. Wenn ihm das Leben einmal schwer wurde, nahm es den Haarkranz mit dem Strohhalm darin und erinnerte sich an das Neugeborene im Stall. Und augenblicklich kehrten Mut, Zuversicht und Freude zurück in sein Herz.

Barbara Merten lebt mit ihrer Familie im beschaulichen Duderstadt. Schon als Kind hat sie sich Geschichten ausgedacht, nicht immer zur Freude der Eltern. Als ihre eigenen vier Kinder erwachsen waren, begann sie mit dem Schreiben von Kinderbüchern, Gedichten, Kurzgeschichten und Krimis. „Knubbel-Karl, Planet Toffel in Gefahr" ist ihr neuestes Kinderbuch, mit dem sie durch Schulen und Kindergärten tingelt.

Unter dem Stern von Bethlehem

In jener Nacht, als die Sterne wie Diamanten am Himmel funkelten und ein sanfter Wind die Stille Bethlehems durchbrach, fühlte ich, Eliab, eine unerklärliche Unruhe in meinem Herzen. Es war der Abend, an dem das Jesuskind, der lang erwartete Messias, in einem bescheidenen Stall geboren werden sollte. Die Gerüchte und Vorhersagen schienen sich nun zu erfüllen und das Wissen darum ließ eine Aufregung in mir aufkeimen, die ich kaum zu bändigen wusste.

Ich hatte gehört, dass drei Weisen aus dem Morgenland unterwegs waren und noch vor Tagesanbruch Bethlehem erreichen würden. Etwas in mir sagte, dass ich ihnen entgegengehen musste, dass meine Rolle in diesen Stunden eine größere Bedeutung hatte, als ich es mir je hätte vorstellen können.

Mit einer brennenden Fackel in der Hand verließ ich die Stadt und machte mich auf den dunklen Weg nach Jerusalem. Obwohl ich die Strecke schon oft bei Tageslicht gegangen war, schien sie mir jetzt, im Schein des Feuers und unter dem Sternenhimmel, geheimnisvoll und neu.

Plötzlich begegnete ich einem Wolfshund. Wie ein Phantom trat er aus dem Dunkel hervor, stumm und erhaben, ein Wächter der vergessenen Pfade. Sein Pelz, ein tiefes Schwarz mit Streifen von silbrigem Grau, schimmerte im Licht. Der Wolfshund blieb regungslos stehen und schaute mich an. Für einen Moment standen wir so da, während die Fackel in meiner Hand zitterte und Schatten über die antiken Olivenbäume warf, deren knorrige Gestalten Zeugen unserer Begegnung waren.

Nach einer Ewigkeit, die nur wenige Sekunden währte, nickte ich dem Tier fast unmerklich zu. Der Wolfshund verschwand so leise und geisterhaft, wie er gekommen war, in der Dunkelheit der Nacht.

Eine Viertelstunde später, fast wie aus dem Nichts, sah ich drei Männer auf dem Weg, der sich zwischen den Hügeln Judäas hindurchschlängelte. Sie gingen zu Fuß, einer nach dem anderen, und führten Kamele hinter sich her. Die Szene kam so plötzlich, dass ich kurz stockte, weil ich kaum glauben konnte, was ich erblickte. Noch nie in meinem Leben hatte ich Kamele gesehen, diese großen, geheimnisvollen Tiere mit ihren langen Hälsen und dem sanft wiegenden Gang.

Die drei Weisen, in lange Gewänder gehüllt, die im Mondlicht zu glänzen schienen, bewegten sich mit einer Würde, die ich nur aus den Erzählungen der Alten kannte. Ich stand da, am Rande der Strecke, unfähig, ein Wort hervorzubringen, gefangen in der Faszination dieses Moments.

Einer der Weisen, der sich Casper nannte, bemerkte mich. Mit einem freundlichen Lächeln, das die Müdigkeit seiner Züge für einen Moment vergessen ließ, trat er auf mich zu.

„Seid gegrüßt, junger Freund", sagte er mit einer Stimme, die so warm und einladend klang wie das Feuer, das in kalten Winternächten in den Öfen unserer Häuser brannte. „Wir sind Fremde in diesem Land und suchen den Weg nach Bethlehem. Kannst du uns vielleicht helfen?"

Seine Worte brachen den Bann, der mich gefesselt hielt, und plötzlich fand ich meine Sprache wieder. „Ja, ja, natürlich", stammelte ich immer noch überwältigt von der Ehre, die mir zuteilwurde. „Ich bin auf dem Weg dorthin, um euch entgegenzukommen. Ich kann euch führen."

Casper nickte dankbar. „Dann sind wir gesegnet, dich gefunden zu haben", sagte er.

Während wir, die drei Weisen und ich, unseren Weg durch die stille Nacht fortsetzten, fühlte ich mich, als wäre ich in einen Traum versetzt worden. Der Mond schien hell und die Sterne strahlten am Himmel, als würden sie unseren Pfad beleuchten. Die Kamele trotteten ruhig hinter uns her und der sanfte Klang ihrer Schritte mischte sich mit dem Rascheln der trockenen Blätter unter unseren Füßen.

„Darf ich euch fragen, woher ihr kommt?", brach ich das Schweigen.

Casper, der mir zuvor so freundlich begegnet war, lächelte. „Wir kommen aus dem Fernen Osten", antwortete er. „Aus Ländern, die du vielleicht nur aus Geschichten kennst. Wir sind Gelehrte, Astronomen, und wir suchen nach Wissen und Weisheit in den Sternen."

„Und was hat euch zu dieser Reise bewegt?" Meine Frage war von echtem Interesse getrieben. Ich konnte mir nicht vorstellen, was Menschen dazu bringen könnte, ihre Heimat zu verlassen und so weit zu reisen.

„Ein besonderer Stern ist aufgegangen", sagte ein anderer Weiser, Melchior, mit tiefer Stimme. „Er verheißt die Ankunft eines Königs, eines Erlösers der Juden, der das Antlitz der Welt wandeln wird. Wir sind hier, um ihn zu ehren und ihm unsere Gaben zu bringen."

Ich staunte. „Aber wie wusstet ihr, wohin ihr gehen solltet? Wie könnt ihr einem Stern folgen?"

Balthasar, der bis dahin geschwiegen hatte, antwortete: „Für uns sind die Sterne wie Schriftrollen am Himmelszelt, deren Zeichen es zu deuten gilt. Dieser Stern hat uns hierhergeführt und wir vertrauen darauf, dass er uns zum Ziel unserer Reise leiten wird."

Ihre Worte weckten eine tiefe Bewunderung in mir. Die Vorstellung, dass diese Gelehrten den Himmel lesen konnten wie ein Buch, faszinierte mich. „Und was erwartet ihr, wenn ihr den König findet?", wollte ich wissen.

Casper blickte mich an und in seinen Augen lag ein Glanz, der von tiefer Gewissheit und Hoffnung kündete. „Wir erwarten, Zeugen eines neuen Beginns zu sein", sagte er. „Die Geburt dieses Königs ist ein Ereignis von großer Bedeutung, nicht nur für das Volk der Juden, sondern für die ganze Welt. Wir bringen ihm Gold, Weihrauch und Myrrhe als Zeichen unserer Ehrerbietung."

Plötzlich wurden die Kamele unruhig. Ihre sonst so gleichmäßigen Schritte gerieten ins Stocken und sie schnaubten nervös. Ich sah mich um, auf der Suche nach dem Grund ihrer Unruhe. Mein Herz machte einen Sprung, als ich die Silhouette des Wolfshundes erkannte, der aus der Dunkelheit auftauchte und direkt auf mich zulief.

Zu meiner Überraschung sprang er nicht auf mich zu, um mich zu bedrohen, sondern lief stattdessen an meiner Seite, als gehöre er schon immer dazu. Die Kamele beruhigten sich langsam wieder, als würden sie spüren, dass keine Gefahr von dem Tier ausging.

„Ist das dein Hund?" Die Frage kam von Casper, der mich mit einem überraschten Blick ansah.

Ohne wirklich darüber nachzudenken, antwortete ich: „Ja, er gehört zu mir." Ich wusste selbst nicht, warum ich das sagte. Es war, als hätte eine innere Stimme für mich gesprochen, ohne dass ich Zeit hatte, die Bedeutung meiner Worte zu hinterfragen.

„Wie heißt dein Hund?", wollte Melchior wissen, während er das Tier mit einem interessierten Blick musterte.

„Aiko", antwortete ich spontan und spürte ein unerklärliches Glücksgefühl bei dem Gedanken, plötzlich Besitzer eines so stolzen und majestätischen Tieres geworden zu sein.

„Aiko, der Name passt zu ihm", dachte ich, während ich den Wolfshund betrachtete, der ruhig neben mir herlief, als wäre es die selbstverständlichste Sache der Welt. Es war, als hätte sich zwischen uns eine unsichtbare Verbindung gebildet, eine Art stilles Einverständnis, dass wir von nun an zusammengehörten. Die drei Männer schauten immer wieder zu uns herüber, sichtlich beeindruckt von der Ruhe, die Aiko ausstrahlte.

Als wir Bethlehem erreichten, war ich nicht mehr nur der Junge, der die Weisen getroffen hatte, um ihnen den Weg zu zeigen. Ich war auch der Freund eines Wolfshundes geworden, der aus der Dunkelheit erschienen war, um mit mir durchs Leben zu gehen.

Aiko, mein unerwarteter Gefährte auf diesem märchenhaften Weg, erwies sich als ein Geschenk, das ich in jener besonderen Nacht erhalten hatte – ein Zeichen der Verbundenheit und der Wunder, die geschehen, wenn man am wenigsten damit rechnet.

Volker Liebelt, Jahrgang 1966, lebt in dem idyllischen Öhringen, einer Stadt, die seine Inspiration und Heimat gleichermaßen ist. Sein Schreibstil zeichnet sich durch die Fähigkeit aus, lebendige Bilder und Emotionen zu erzeugen, die die Leser tief in die Handlung eintauchen lassen. Die Liebe zur Natur und die Faszination für das Übernatürliche sind wiederkehrende Themen in seinen Geschichten, die oft von märchenhaften Orten und wundersamen Begegnungen geprägt sind.

Gesegnet

Schon seit Tagen spürt Tala, dass etwas passieren wird. Sie spürt es vor allem nachts in ihren Pfoten. Tagsüber ist es eher ein Kribbeln in ihrem Genick. Anscheinend nimmt kein anderer in ihrem Werwolfrudel es wahr – oder niemand spricht darüber. Sie selbst hat ja auch nur die gefragt, denen sie vertraut.

Als ihre Haut Pelz trägt und der Mond von oben strahlt und der Schnee dadurch die Nacht erhellt, sieht Tala nach oben. Ein merkwürdiger Stern tänzelt am Himmel.

„Was starrst du denn so an?", knurrt ihr Bruder.

„Sieht er das nicht?"

Sein Blick ist auf sie gerichtet.

„Die Sterne sind heute Nacht sehr schön", sagt sie, um herauszufinden, ob er es doch bemerkt und nur nicht sagen will.

Er schnaubt durch seine Wolfsnase und läuft weiter.

Tala blickt zum Stern. „Ist er etwa für mich da?" Keiner sonst sieht nach oben, niemanden scheint es zu interessieren. Sieht wirklich nur sie es? Plötzlich bewegt der Stern sich fort. Tala spürt etwas, was sie nicht beschreiben kann. Doch sie spürt tief in sich, dass sie dem Stern folgen muss. Sie blickt zu ihrem Rudel, das seinen Weg fortsetzt. Für einen Moment will sie ihm hinterher, aber sie entscheidet sich, dem Stern zu nachgehen.

Ihre Pfoten knirschen im Schnee, immer tiefer läuft sie ins Landesinnere. Die weiße Pracht nimmt ab und verläuft sich in funkelndem Sand. Je weiter sie hinterherjagt, umso mehr ist in ihr ein Gefühl, dass sie nicht kennt. Warm, irgendwie erinnert es sie an ihre Geburt, an ihre Geschwister und die kuschelige Zeit, als sie noch zusammen auf einem Haufen nah bei ihrer Mama lagen. Da fällt es ihr ein: Geborgenheit. Doch was ist es, was sie so fühlen lässt?

Immer weiter läuft sie. Den Dörfern und Häusern weicht sie aus. Sie will nicht gejagt werden. Das taten die Menschen, die sie in ihrer Wolfsgestalt gesehen haben. Monster und Ungeheuer hat man sie schon oft genannt. Sicher umgab sie etwas Dunkles, aber ist sie deswegen böse? Sie kann sich nicht daran erinnern, Menschen gejagt oder ohne einen Grund verletzt zu haben. Ihre Nahrung sind Tiere – und welche sind leichter zu erledigen? Die, die eingesperrt sind. Endlich hält der Stern an und das genau über einer Stadt. Wenn sie sich recht erinnert, heißt diese Stadt Bethlehem, sicher ist sich Tala aber nicht. In der Ferne sieht sie drei Menschen auf Kamelen reiten. Auf der anderen Seite welche mit Schafen kommen. Sie hat Angst, doch das Gefühl, dass sie da hinmuss, ist stärker.

Langsam schleicht sie sich an. Geduckt im Dunkeln des Schattens. Immer wieder innehaltend, wenn sie ein Geräusch vernimmt. Ihr ist klar, wenn die Menschen sie sehen, wird sie um ihr Leben laufen müssen.

Als sie den Stern wieder erblickt, leuchtet er hell über einem Stall. Gerade als sie sich darauf zu bewegen will, kommen Menschen mit Stäben und ihrem Vieh heraus. Die Tiere scheinen sie nicht zu beachten.

Sie wartete geduldig in ihrem Versteck ab. Doch auch dieses Mal kann sie nicht herauskommen. Die drei Männer auf Kamelen treten aus einer Häuserreihe hervor, steigen vor dem Stall ab und gehen hinein. Auch die Trampeltiere haben keine Angst vor ihr und zeigen keine Regung, als sie näher kommt. Sie ist neugierig, aber dort will sie nicht hineinsehen, darum geht sie einmal drumherum.

An der Stalltür späht sie hinein. Eine Frau, vier Männer, ein paar Tiere und in der Wiege liegt ein Baby. Niemand scheint sie zu beachten. Die drei Gäste verbeugen sich und gehen auf der anderen Seite hinaus zu ihren Kamelen. Auch die Frau und ihr Mann gehen zur anderen Tür.

Tala hat gedacht, wenn sie sieht, was sie hier drin ist, wäre dieser Drang in ihr nicht mehr da. Aber dies ist nicht so. Darum schleicht sie in das Innere des Stalls. Weder Kuh noch Esel oder die Schafe beachten sie. Das Baby lacht, als sie es betrachtet.

„Er heißt Jesus", sagt die Frau.

Tala zuckt zusammen. Sie hat nicht bemerkt, dass die Frau zur Wiege gekommen ist. Diese lächelt sie an und strahlt die gleiche Freundlichkeit sowie Ruhe aus wie das Kind in der Wiege. „Er hat schon auf dich gewartet."

Die Werwölfin versteht nicht, wie das geht.

Langsam schiebt die Frau die Wiege näher. „Begrüße ihn."

Vorsichtig schnuppert Tala an dem Kind. Es beginnt zu lachen und legt seine Hände auf ihrer Schnauze. Es erfüllte sie mit Licht und sie nimmt ihre menschliche Gestalt an. Das hat sie noch nie tun können, solang es Nacht gewesen ist. „Wie ...?"

„Jeder Mensch", sagt die Frau und nimmt ihr Bündel hoch, „und jedes Wesen hat gute und schlechte Seiten. Doch wenn wir uns für ihn und das Licht entscheiden, wird er uns den Weg für ein besseres Leben zeigen. Du hast die Kraft bekommen, dein Leben und das deiner Art zum Besseren zu wenden. Ich sage nicht, dass es einfach wird, aber ich sage, dass es sich lohnt."

Der Mann tritt neben seiner Frau. „Danke, dass du ihm helfen willst, das Licht in die Welt zu tragen."

Tala nickt. „Ich werde die Botschaft verbreiten." Sie beugt sich vor und küsst die Hand des Jesus-Babys. „Wir sehen uns wieder." Sie schreitet hinaus, um von diesem Wunder zu berichten.

Luna Day *lebt mit ihrer Familie in Augsburg.*

Die Weihnachtsgeschichte aus der Sicht des Esels

Ich bin nur ein kleines Eselchen, aber wir Tiere sind Gottes Geschöpfe und ihm genauso wichtig wie die Menschen. Die Menschen vergessen das leider oft. Schon bei der Geburt unseres Heilands in Bethlehem waren Tiere dabei, daran sollten die Menschen öfter einmal denken. Aber sie meinen, die Welt gehöre ihnen ganz allein, und uns verachten und quälen sie, statt uns Tiere in ihre Gebete und Fürsorge einzuschließen. Ob es wohl einmal anders wird?

Aber so ist es nun mal, sie verachten die Armen, Alten, Schwachen, Kranken – selbst unseren Herrn Jesus, der nun wirklich damals nackt war und ohne Schutz. Stellt euch mal vor, der hatte nur ein ganz dünnes Fell an seinen kurzen Ohren. Unsereins war ja schon in Bedrängnis, aber so ein Junges friert ganz erbärmlich in den kalten Nächten. Am Tage ists warm und nachtens so kalt. Und sie hielten es nicht für nötig, diesem armen Menschen zu helfen. Warum kümmert sich unser Gott so schlecht um uns?

Wir Esel sind vielleicht manchmal stur, aber dumm, nein, dumm sind wir nicht. Ah, ich höre euch schon. Ihr Menschen wollt immer Beweise, sonst glaubt ihr nichts. Also, ich wäre dumm, wenn ich nur von mir erzählen würde, wie ihr Menschen das so gerne tut. Aber ich ... also hört.

Kaum war das Kindlein geboren, nahm Josef es in seine unbeholfenen Zimmermannspranken und schaute uns Tiere hilfeflehend an. Er hob es hoch wie einen Holzklotz und wusste einfach nicht mehr weiter. Die Ziege Galea gab ihm einen kleinen Schubs, gerade so viel, dass das Kindlein in die Krippe fiel. Und glaubt ihr etwa, Maria oder Josef hätten das Kleine abgeleckt, wie es bei uns Tieren Sitte ist? Nein, sie war ja noch sehr ermattet, aber er ... er hätte es tun können. Aber auch das musste Galea machen. Doch ihre Zunge ist rau und — glaubt's mir oder nicht – das Jesuskind hat gelacht und gequietscht vor Vergnügen, da brach Josef in ein tiefes, bäriges Lachen aus – und danach alle Tiere. Die Kühe muhten, die Schafe meckerten noch mehr als sonst und wir Esel wieherten vor Lachen. Selbst Maria lächelte ihr feines Lächeln.

Vor lauter Getöse hätten wir bald nicht gemerkt, dass das Jesuskind inzwischen schrie. Alle waren ratlos, nur Jiffi, das erfahrene Mutterschaf wusste zuerst, was los war. Es baute sich mit einem Lämmchen vor Josef auf und zeigte ihm, wie das Kleine gierig an den Zitzen sog. Oh, ihr Esel, da dämmerte es Josef langsam. Er hob das Kind wieder aus der Krippe und legte es Maria an die Brust. Die Pferde trommelten vor Freude mit den Hufen und der Stier schleuderte sein mächtiges Haupt hin und her.

Freude und Heiterkeit breiteten sich aus. Da, auf einmal verdunkelte sich der Eingang. Drei Menschen betraten den Stall. Jiffi, das Mutterschaf, sprang blökend beiseite. Der Weise, den sie Melchior nennen, trappelte auf die Krippe zu. Josef zupfte sich Stroh aus ei-

nem Ballen und polsterte den Boden der Krippe aus. Maria legte das Jesuskind hinein und Josef erzählte von der Geburt. Da hob Melchior seine Arme und alle Tiere im Stall scharten sich um ihn. Melchior segnete die Ochsen und die Kühe, das kleine Mäuschen zu seinen Füßen, die Schafe, Lämmer, kurz alle Kreaturen.

Wir hoben die Köpfe, auch das Mäuschen, und blickten auf zum sternenübersäten Firmament. Ihr glaubt gar nicht, wie selbstverständlich es auf einmal war: Die Menschen verstanden unsere Sprache und unter allen Geschöpfen im Stall entstand ein wundersames Gefühl, wie ich es noch nie erlebt habe. Keiner hatte mehr Angst vor einem Feind, auch nicht vor einem Menschen, der uns hier vertreiben könnte. Selbst das Mäuslein dachte nicht mehr daran, sich im Stroh zu verstecken.

Gerade mir als Esel, einer Kreatur, die sich stets im Freien aufhielt, fiel am nächsten Morgen auf, wie über den schneebedeckten Wiesen und Feldern das Funkeln der hellen Sonnenstrahlen sich zu einem wahren Feuerwerk entwickelte. Irgendetwas hatte uns alle – Menschen und Tiere – ein wenig verwandelt und vielleicht sogar näher gebracht.

Und nun hoffe ich, ihr Menschen habt etwas gelernt von meiner tierischen Sicht der Weihnachtsgeschichte.

Monika Heil, geboren 1945, verheiratet, Anwaltsgehilfin, verbrachte ihr Berufsleben in Hessen. Seit Beginn ihres Ruhestandes lebt und arbeitet sie als Autorin in Stade. Sie schreibt Prosa und Lyrik, veröffentlichte u. a. zwei Kriminalromane, eine Kriminalgeschichtensammlung sowie mehr als 60 Texte in Anthologien, Literatur- und überregionalen Zeitschriften. In der Nähe von Frankfurt leitete sie viele Jahre eine kreative Schreibwerkstatt.

Das Geschenk

Nathan, der alte Händler, wälzte sich unruhig in seinem Bett hin und her. Obwohl es ein langer und erfolgreicher Tag gewesen war, konnte er nicht schlafen. Nicht, dass sein schlechtes Gewissen ihn plagen würde. Es gehörte zu seinem Job, die Menschen übers Ohr zu hauen. Er profitierte gerne von der Not anderer, feilschte und war Meister darin, die Preise herunterzuhandeln, um die Ware dann für den doppelten Wert zu verkaufen.
Zufrieden dachte er an all die Münzen, die auch am vergangenen Tag seinen Beutel gefüllt hatten. Münzen, die durch viele Hände gereicht worden waren. Münzen, die vermutlich durch viel harte Arbeit verdient worden waren, aber was interessierte ihn das? Das waren nicht seine Probleme. Solange seine Geschäfte gut liefen, war alles in bester Ordnung.
Nathan lauschte in die Nacht hinein und runzelte die Stirn. Warum war es draußen mitten in der Nacht so schrecklich laut? Da konnte man ja nicht schlafen! Zugegeben, in den letzten Tagen herrschte in den Straßen ein reges Treiben. Viele Fremde waren eingetroffen, die Herbergen und Unterkünfte waren allesamt überfüllt, was seinen Geschäften jedoch zugutekam. Aber was sollte dieser große Tumult zu nächtlicher Stunde? Das war doch nicht normal!
Nathan fluchte und erhob sich schließlich. Er öffnete die Haustür und schaute hinaus. Der alte Händler staunte nicht schlecht, als er all die Leute erblickte, die durch die Straßen eilten. Was war nur geschehen? Wohin gingen all diese Menschen zu solch später Stunde? Die Neugierde packte ihn und Nathan trat hinaus auf die Straße, wo Jung und Alt sich tummelten.
„Bruder, auf was wartest du? Komm schon!", rief ihm ein junger Mann freudig zu.
„Bruder, los, komm mit uns", rief der Nächste und reichte ihm die Hand. Kurz zögerte Nathan, doch schließlich ergriff er diese und folgte der Menschenschar.

Bruder? Wieso hatten sie ihn Bruder genannt? Er hatte keine Brüder, keine Familie und gewiss keine Freunde. Für ihn gab es lediglich Kunden oder Geschäftspartner.

Aber Bruder? Was war mit diesen Menschen los? Waren denn nun alle verrückt geworden? Er konnte kein Bruder für sie sein, nicht er, der sie alle stets übers Ohr gehauen hatte, sie betrogen und um die letzte Münze gebracht hatte. Er, der für die Hälfte des Werts einkaufte, um für Wucherpreise zu verkaufen. Er, der beim Wiegen seiner Ware täuschte, Not und Armut vorgaukelte, um Mitleid zu erwecken, er, der aus der Not und dem Unglück anderer Gewinn schlug und der sein Verdientes gewiss keinem Notbedürftigen spenden würde, oh nein, gewiss nicht! Er konnte kein Bruder für all diese armen Menschen sein, die er stets betrogen, angelogen und ausgenutzt hatte.

Dennoch liefen genau diese Menschen neben ihm, mit ihm. Weshalb waren sie so herzlich, warum behandelten sie ihn mit so viel Freundlichkeit? Das hatte er wahrlich nicht verdient! Sie klopften ihm auf die Schulter, schenkten ihm ein freudiges Lächeln, nahmen ihn bei der Hand, damit er mit ihnen lief. Damit er ein Teil dieser seltsamen Gemeinschaft war. Ein Bruder.

Die Menschenschar verließ den Ort und erreichte schließlich eine Grotte. Nathan streckte sich, um über die Menge spähen zu können. Überrascht erblickte er dann ein neugeborenes Kind, das in eine Krippe gebettet worden war. Dieses Kind schien regelrecht zu strahlen und erwärmte das Herz des alten Händlers. Nun erst erkannte Nathan, dass jeder etwas mitgebracht hatte. Jeder trug etwas bei sich, sogar der Ärmste. Nur er stand mit leeren Händen da. Er, der doch so reich war!

Gemeinsam mit den anderen betrat Nathan die Grotte und fiel auf die Knie, um dem Kindlein zu huldigen. Betroffen brach er in Tränen aus. „Verzeih mir, denn ich bin es nicht würdig", schluchzte Nathan. „Ich habe meinen Brüdern unrecht getan. Ich habe sie stets schlecht behandelt, sie belogen und betrogen." Nathan begann bitterlich zu weinen und beschämt trat er ein wenig abseits, um seinen Tränen freien Lauf zu lassen. Sein Herz war schwer, doch eine innerliche Wärme breitete sich zunehmend in Nathan aus. Eine Wärme, die auch sein Herz beeinflusste.

Als schließlich der Morgen anbrach, blickte Nathan auf, als einer der Anwesenden zu ihm getreten war und ihm tröstend eine Hand auf die Schultern gelegt hatte.

„Bruder, was ist das?", fragte der Mann plötzlich und deutete auf etwas Glitzerndes auf dem Boden vor ihnen. Nathan stockte der Atem, als er es sah. Dort, wo seine Tränen niedergefallen waren, hatten sich glitzernde Perlen gebildet, die so schön waren, dass alle Anwesenden darauf aufmerksam wurden.

„Welch außergewöhnliche Gabe!", bemerkte einer der drei Sterndeuter, die aus dem Morgenland angereist waren und die kostbarsten Schätze bei sich trugen. Weihrauch, Myrrhe und Gold hatten sie dem Neugeborenen mitgebracht.

Nathan betrachtete seine verwandelten Tränen und hob diese behutsam auf. Dann strahlte er und trat an die Krippe heran, um dem Kind sein wundersames Geschenk zu übergeben. Jenem Kind, das ihm in dieser Heiligen Nacht etwas viel Wertvolleres geschenkt hatte.

Und als er sich kurze Zeit später auf den Heimweg machte, so entschied Nathan, ein großes Fest für den ganzen Ort zu geben. Er würde nicht auf die Ausgaben achten, denn für seine Brüder würde er keine Kosten scheuen. Er wollte all diese Menschen beschenken, so wie sie dieses Kind beschenkt hatten. Sie alle hatten es verdient. Von nun an wusste Nathan, dass es weitaus Wichtigeres gab als einen Beutel voller Münzen.

Pamela Murtas *wurde 1975 in Frankfurt-Höchst geboren, lebte jedoch seit ihrem zehnten Lebensjahr in Italien, wo sie an der Deutschen Schule Mailand ihr Abitur absolvierte. Nach drei Jahren Moskauaufenthalt kehrte sie nach Italien zurück, um in Rom professionellen Reitsport zu betreiben. Seit 2007 wohnt sie erneut in Deutschland. Veröffentlicht hat sie bisher den vierteiligen Abenteuerroman „Destini", außerdem weitere Kurzgeschichten und Gedichte in verschiedenen Anthologien.*

Es war einmal bei Bethlehem

Zwei Menschen gingen über Land,
sie trotzten Wind und Wetter,
doch weil sich keine Bleibe fand,
so hofften sie auf später.

An viele Türen klopften sie
und fragten viele Leute.
Sie landeten im Stall beim Vieh,
war'n dankbar, hatten Freude.

Die Frau gebar ihr Baby dort
im Stall bei allen Tieren.
Es wurde bald bedroht, durch Mord
sein Leben zu verlieren.

Die einz'ge Rettung, die sich fand,
das war die rasche Flucht
aus jenem unheilschweren Land,
wo sie der Mörder sucht.

So zogen durch die weite Welt,
die Eltern mit dem Kinde,
ganz mittellos, so ohne Geld,
auf dass sich Ruhe finde.

Und dieses Kindlein wuchs heran
in elterlicher Liebe
zu jenem heiß ersehnten Mann.
Für uns empfing er Hiebe.

Er war der Jesus, Gottes Sohn,
er gab für uns sein Leben.
Uns're Erlösung war sein Lohn.
– Was hätten wir gegeben?

Wer von uns öffnet heut' die Tür
für arme, fremde Leute?
Und welches Herz wär' froh dafür,
käm' der Erlöser heute?

Wilhelm Maria Lipp, *Jahrgang 1955. Pensionierter Lehrer, Österreich. Schreibt Prosa und Gereimtes in gehobener Umgangssprache und in Mundart. Er war mit pointierten Gedichten 2008 und 2014 Preisträger beim VOET (Verband österreichischer Textautoren). Bücher: Mit Herz & Hirn (pointierte Gedichte); Hirngespinste (Kurzgeschichten voll Satire, Fiktion und Fantasie.)*

Sternenlicht in jener Nacht

„Guck mal, da ist noch eine!" Mia zeigt aufgeregt in den Sternenhimmel. Ihre große Schwester Rebecca erklärt ihr gerade, was es mit Sternschnuppen auf sich hat. „Jetzt darf ich mir etwas wünschen, richtig?", quiekt sie ganz aufgeregt.
Rebecca nickt: „Genau, Mia. Hast du denn eine gute Idee?"
„Oh ja! Ich wünsche mir, dass ..."
Mia wird von Rebecca unterbrochen. Ihre große Schwester drückt ihr ihren Zeigefinger auf den Mund. „Schon vergessen? Du musst den Wunsch im Geheimen wünschen, nur du darfst davon wissen", lacht Rebecca. Sie hatte Mia diese Regel schon mehrfach erklärt, aber Mia war immer zu aufgeregt gewesen.

Mia presst die Augen zusammen und denkt fest an ihren Wunsch: Sie möchte auch mal so schlau sein wie ihre große Schwester Rebecca. Die hat nächstes Jahr ihre Konfirmation und erzählt ihr jedes Mal nach dem Unterricht mehr über Gott, Jesus und die Bibel. Ihre Lieblingsgeschichte ist bisher die, wo Gott nach der großen Flut einen bunten Regenbogen sendete! Leider vergisst Mia immer wieder den Namen. Aber das ist nicht so schlimm, denn ihre große Schwester kann sie immer alles fragen.

„Du, Rebecca, wie heißt die Geschichte noch mal über den Regenbogen?", murmelt sie.

Rebecca rutscht von der Fensterbank im Wohnzimmer herunter. „Das ist die Geschichte der Arche Noah, Mia." Kurz überlegt Rebecca. „Eigentlich waren wir doch gerade dabei, uns die Sterne anzusehen." Sie stellt sich hinter ihre kleine Schwester, die noch auf der Fensterbank sitzt und nach weiteren Sternschnuppen Ausschau hält. „Wusstest du, dass es auch Sterne in der Bibel gibt?", wispert sie Mia in ihr kleines Ohr, das hinter blonden Strähnen verborgen liegt.

Mia kann sich gar nicht entscheiden, ob sie weiter nach Wunschsternen suchen soll oder eine weitere spannende Geschichte aus der Bibel hören will. Doch ehe sie sich versieht, sitzt sie zusammen mit ihrer Schwester unter einer Kuscheldecke auf dem gemütlichen Sofa.

„Weißt du, damals in Bethlehem, da war viel auf den Straßen los. Es gab da diesen Kaiser, sein Name war Augustus, und der wollte unbedingt wissen, wie viele Menschen in seinem Land leben. Weißt du, wie viele Menschen in Deutschland wohnen, Mia?"

Mia denkt scharf nach, das hatten sie doch vor Kurzem erst in der Schule durchgenommen: „So etwa 84 Millionen?"

Rebecca nickt zufrieden: „Ja, so in etwa, Mia. Augustus wollte also auch wissen, wie viele Menschen in seinem Land leben und da hat er alle Bewohner dazu aufgefordert, in ihre Heimatstadt zu gehen, damit sie dort gezählt werden können. Manche Menschen hatten da echt Glück, denn sie hatten nie ihre Heimat verlassen, andere hatten da etwas größeres Pech. Maria und Josef zum Beispiel."

Mia reißt ihre Augen auf: „Wieso, was war denn mit den beiden?"

Rebecca lächelt ihre kleine Schwester an: „Maria war hochschwanger mit einem Sohn. Bald würde sie Jesus auf die Welt bringen und der Weg nach Bethlehem war ein langer Weg."

„Moment! Jesus? Der, der auf dem Wasser laufen kann?" Mia überlegt kurz. „Gottes Sohn?"

„Wow, Mia, ich habe dir schon viel beigebracht, ganz richtig." Rebecca nickt beeindruckt von ihrer kleinen Schwester.

„Mhm, aber was hat das alles mit einem Stern zu tun, Rebecca?", fragt Mia verwirrt.

„Das kommt jetzt. Gut zuhören. Während die schwangere Maria mit Josef auf dem Weg nach Bethlehem war, gab es drei sehr schlaue Männer, die genau wie wir sehr oft in die Sterne gesehen haben", fährt Rebecca fort.

„Haben sie auch nach Sternschnuppen gesucht, weil sie sich etwas wünschen wollten?", kichert Mia.

„Nicht ganz, diese drei schlauen Männer Kaspar, Melchior und Balthasar haben nach einem hell leuchtenden Stern gesucht, der ihnen die Geburt eines Königs vorhersagen sollte", erklärt ihr Rebecca.

„War die Frau des Königs schwanger?" Mia legt ihren Kopf schief.

„Nein, der Stern hat die Geburt von Jesus angekündigt, er ist der König, auf den die drei Männer gewartet haben." Rebecca erklärt weiter und Mia hängt ihr gebannt an den Lippen, „Also, wie gesagt, als Maria und Josef auf dem Weg nach Bethlehem waren, fingen auch die drei Männer an, dem Stern zu folgen. Sie wollten diesem großen

König gern einen Besuch abstatten und ihn reich beschenken. Genau wie du dachten die drei Männer auch, dass König Herodes Frau schwanger sein müsste. Damit hatten sie sich aber geirrt, im Palast von Herodes in Jerusalem war niemand schwanger. Herodes hatte daraufhin Angst um seine Macht als König und wollte dieses neue, fremde Königskind töten!"

„Er wollte ein Baby töten?", rief Mia aufgebracht. „Aber der Kleine hat doch gar nichts gemacht?"

„Ja, und in der Bibel steht auch, dass man nicht töten darf", nickt Rebecca. „Die drei schlauen Männer sahen, dass sich der Stern noch bewegte, das heißt, sie waren am falschen Ort. Es gelang ihnen, sich davonzumachen, und so kamen sie in Bethlehem an. Der Stern stand über einem Stall. Er leuchtete heller als alle Sternschnuppen, die wir am Himmel je gesehen hatten. Sie wussten, dort würden sie den König finden, auf den sie so lang gewartet hatten."

Mia zieht gespannt die Luft ein.

„Sie traten ein und sahen Heu und Stroh und Esel und Schafe und Rinder. Und da waren junge Eltern und ein Kind in einer Futterkrippe. Nur ein kleines Baby, das Gottes Sohn sein sollte. Kaspar, Melchior und Balthasar gingen auf dem dreckigen Boden in die Knie und überreichten den Eltern die Geschenke für den König, auf den die Welt gewartet hatte: Gold, Weihrauch und Myrrhe."

„Warum lag Jesus eigentlich in einer Futterkrippe? Babys gehören doch in ein kuscheliges Bett!", überlegt Mia.

„Wie ich am Anfang erzählt habe, war damals viel in Bethlehem los, viele Menschen mussten wieder in ihre Heimatstadt zurück und alle Herbergen waren schon voll. Da war ein netter Wirt, der hat ihnen den Stall als Unterschlupf geboten, damit Maria Jesus nicht auf der kalten Straße zur Welt bringen muss."

Rebecca ist am Ende ihrer Geschichte und Mia lässt das alles sacken.

„Was ist mit Herodes? Er war doch so wütend, ist er den drei Männern gefolgt?", flüstert Mia ängstlich.

„Er wusste jetzt von Jesus und hat ein gefährliches Gesetz erlassen, weswegen Maria und Josef mit Jesus nach Ägypten geflohen sind. Ihnen ist also nichts passiert", überlegt Rebecca. „Wie findest du die Geschichte?"

„Furchtbar aufregend! Maria und Josef müssen solche Angst gehabt haben, als sie keinen Schlafplatz gefunden haben, und dann besonders, als sie von Herodes gehört haben!"

Mia schmollt ihre Schwester an. „Was hältst du von dem Stern?" Rebecca kuschelt sich auf dem Sofa neben Mia ein und gähnt laut. Jetzt haben sie einen wunderbaren Blick auf das große Wohnzimmerfenster und die funkelnden Sterne dahinter.

„Ich frage mich, wie hell dieser Stern wirklich war und warum sonst niemand auf die Idee gekommen ist, ihm zu folgen, wenn er sich doch bewegt hat."

„Die drei Männer waren sehr schlau, weißt du. Und die meisten waren eh damit beschäftigt, in ihre Heimat zurückzukehren. Da war leider nicht viel Zeit, um Sternen zu folgen."

„Ich glaube, ich würde diesem Stern folgen. Ich wäre gern dabei gewesen. Stell dir mal vor, du triffst Jesus! Was würdest du zu ihm sagen? Wahrscheinlich wäre ich viel zu aufgeregt, um auch nur einen Ton herauszubekommen!", erzählt Mia lachend.

Die beiden Schwestern sehen weiter in den Sternenhimmel und überlegen, was sie Jesus fragen könnten, wenn sie auf ihn treffen würden. Dabei schlafen sie auf dem Sofa zusammen ein. Im Hintergrund funkeln die Sterne, aber keiner von ihnen leuchtet so hell wie der Stern in jener heiligen Nacht, als Jesus in Bethlehem geboren wurde.

Johanna Buchholz wurde am 6.12.2001 in Stendal, Sachsen-Anhalt geboren. Seit 2021 studiert sie Religionspädagogik und Soziale Arbeit in Hannover. In ihrer Freizeit liest sie sehr viel und schreibt auch selbst gern Geschichten auf. Im Jahr 2023 nahm sie am Young-Storyteller-Award teil und veröffentlichte ihr erstes Buch „Eine andere Traumnovelle."

Vom nahenden Erretter

's stand des Nachts ein Hirte ehedem,
bange Blicke auf dem neuen Licht,
das entsprang dem Stern von Bethlehem
und erhellt des Fremden Angesicht.

Diesen sah er plötzlich bei sich weilen.
Und der Hirte wollte geben nach
seiner Furcht und schon von dannen eilen.
Doch der Fremde, der ein Engel, sprach:

„Hier sei dir und jedem kundgetan.
Lass die Sorge aus dem Herzen flieh'n!
Siehe freudig den Erretter nah'n!
Geh zum Kinde und fortan ihm dien!

's wird auf Nächstenliebe und Vertrauen,
auf Barmherzigkeit und Gläubigkeit
Gottes Sohn einst seine Kirche bauen,
die den Menschen Port sei allezeit."

Wolfgang Rödig *lebt in Mitterfels. Er hat bislang mehr als 800 belletristische Kurztexte in Anthologien, Literaturzeitschriften, Tageszeitungen, Magazinen und Kalendern sowie den Gedichtband „Punkt – Nach Komma, Strich und Faden" veröffentlicht.*

Der Vater eines Jüngers

Wer nicht glauben konnte oder wollte, blieb bei der Herde. Die anderen machten sich auf den Weg. „Kommst du mit?"
Er überlegte kurz. Dann ging er mit, während er seinen Stock mitnahm. „Die Geburt eines Kindes ist immer ein Ereignis, egal, wie oft und wo es auch geschieht", überlegte er, während er an seinen eigenen Sohn daheim dachte. Vielleicht liegt es daran, dass wir fast jeden Tag den Tod sehen. Tiere sterben und Hirten auch. „Wir haben schließlich das Licht gesehen, nicht wahr, David?", fragte er dann.
„Offensichtlich nicht alle."
„Lichter können unterschiedlich sein", überlegte er, als sie Bethlehem näher kamen.
„Botschaften vielleicht auch", meinte David.
Er sah David an. Er war einer der wenigen, die ihn sofort mit seinem Namen angesprochen hatten. Für die anderen war er bloß *der Mann aus* gewesen, wobei sie den Namen seines Heimatortes falsch aussprachen. „Warum auch nicht?", dachte er. Soweit er sich erinnern konnte, war er noch nie so weit weg gewesen. So war es aber nun als Wanderhirte. Gutes Weideland schien karg gesät zu sein. Sie waren ständig unterwegs. Sie mussten die Tiere weiden. Sie mussten sie verteidigen – gegen wilde Tiere und Räuber.
Der Lärm wurde nun lauter. Die Straßen waren voller Menschen und fremder Stimmen. Er sah Menschen, die von den Leuten an den Türen abgewiesen wurden, teils bedauernd, teils verärgert. Mit seiner Volkszählung hatte der Kaiser in Rom offensichtlich halb Judäa und halb Galiläa auf den Weg geschickt. „Ich bin froh, dass ich meine Schätzung hinter mir habe", murmelte er.
„Ich auch", sagte David.
Sie erreichten eine Kreuzung.
„Da der Bote von einer Krippe gesprochen hat, können wir die Herbergen ausschließen", meinte David. „Aber an den Ställen bisher ist mir nichts Besonderes aufgefallen."

„Vielleicht sollten wir nach den Leuten Ausschau halten, die vor einem Stall stehen."

„Wie meinst du das?", fragte David.

„Warum sollten wir die einzigen sein, die diese Nachricht bekommen, wenn es wirklich so ein bedeutendes Kind ist?"

David sah ihn an. Dann nickte er.

„Dort vielleicht? Diese Männer sehen doch bedeutend aus. Jedenfalls tragen sie andere Kleidung als wir."

Der Stall war anders als alle Ställe, die er je gesehen hatte. Es lag an dem Kind. Nein, es lag nicht an dem Kind, sondern an den Umständen. „Kein Kind der Welt verdient es, so geboren zu werden", dachte er. „Ja, das Gold funkelt, Weihrauch und Myrrhe erfüllen das Innere des Stalls, so etwas Schönes habe ich wahrscheinlich noch nie gerochen, irgendwann gewöhnt man sich an den Gestank, den eigenen und den der anderen, aber würde dieses Kind auch immer genug Liebe bekommen?", überlegte er. „Fürsorge, Schutz vor dem Tod? Ich habe schon ein Kind verloren. Sollte ausgerechnet dieses Kind uns vor dem Tod bewahren?" Er betrachtete den Vater. Er betrachtete die Mutter. Beide sahen erschöpft aus.

„Wo kommt ihr her?", hörte er sich fragen.

„Nazareth", antwortete der Vater leise.

„Aus Galiläa? Den ganzen Weg und das ..."

Die Mutter nickte, ohne ihn anzusehen. Sie hatte nur Augen für dieses Kind.

„Wie ist sein Name?"

Die Mutter flüsterte seinen Namen.

„Und wie heißt du, mein Freund?"

„Judas aus Kerioth", erwiderte er. „So hat mich David damals um meinen Namen gebeten", erinnerte er sich. „Ich heiße wie mein Vater. Mein Sohn heißt so wie ich. Judas, Mann aus Kerioth, so nennen mich die anderen Hirten manchmal. Die anderen sagen Karioth."

„Judas ist ein schöner Name. Gelobt, gepriesen. Wenn er einen Bruder bekommt, werden wir ihn Judas nennen. In Erinnerung an dich."

Michael Johannes B. Lange, Jahrgang 1968, veröffentlicht seit 2014 Krimis, Science-Fiction-Storys sowie Kurzgeschichten.

Jesus Christus ward geboren

Der Engel Gabriel, seiner Zeit voraus,
gesandt von Gott, dem Vater, dem Allmächtigen,
erschien Maria, die aus der Stadt Nazareth stammte,
hell leuchtend, strahlend weiß der Engel war,
überbrachte ihr die Nachricht Gottes,
dass sie schon bald einen Sohn gebären würde,
dieses Kind der Sohn Gottes sei,
das Wunder dieser Welt bedeuten würde,
hochheilig sei und den Namen Jesus tragen würde.

Maria ward verlobt mit Josef,
die Hochzeit fand bald statt,
da befahl der römische Kaiser Quirinius
all seinen Leuten, zurück in ihre Heimat zu kehren,
damit er wissen konnte, wie viele es waren,
er ließ sie alle ihre Namen in Listen eintragen.

Da kehrte Josef zusammen mit der hochschwangeren Maria
in seine Heimatstadt, die nannte sich Betlehem, zurück,
da mussten sie halt machen, da Maria hochschwanger war,
sie klopften an mehreren Häusern und Türen, doch vergebens,
als es spät Abend war, das Ehepaar müde war,
fanden sie einen Stall, in dem sie sich niederließen,
in dieser hochheiligen Nacht, wurde Jesus geboren,
von der Jungfrau Maria.

Sie legte ihren Sohn in eine Wiege,
wo er fest und friedlich schlief,
bis der Engel Gabriel erneut an diesem Tage,
einigen Hirten auf einem Felde erschien,
kundgab die frohe Botschaft,

das Jesus Christus unser Retter geboren wurde,
in einer Stadt namens Bethlehem in einem Stahl,
ward der Sohn Gottes geboren.

Das wollten die drei Hirten selbst mit eigenen Augen sehen,
da zogen sie los, wohin der Stern von Bethlehem sie führte,
als der Stern dann endlich vor einem Stahl stehen blieb,
da erkannten Kaspar, Melchior und Balthasar,
dass sie endlich an ihrem Ziel angekommen waren.

Sie wurden bekannt als die Heiligen Drei Könige,
da gingen sie in den Stahl, übergaben ihre Gaben
und gingen fort, um die frohe Botschaft zu verbreiten,
dass Jesus Christus, der Sohn Gottes unser Retter, ward geboren.

***Alina Zaripov**, geboren 2005 in Kempten im Allgäu, Hobbys: Zeichnen, Lesen, Schreiben, Speedcubing, Klavier spielen.*

Die Flucht nach Ägypten

Maria aber behielt alle diese Worte und bewegte sie in ihrem Herzen. Und die Hirten kehrten wieder um, priesen und lobten Gott für alles, was sie gehört und gesehen hatten, wie denn zu ihnen gesagt war.

Mit diesen Worten endet die *Weihnachtsgeschichte* im Lukasevangelium. Tom hatte sie an den Weihnachtsfeiertagen mehrfach gehört und fragte sich nun, wie es nun weiterging mit dem Jesuskind und Maria und Josef. In diesem Stall konnte sie ja wohl nicht bleiben.

Ihm kam eine Idee: Er wollte in der Nacht seinen Freund, den Mondstrahl, rufen. Mit ihm hatte er schon einige Ausflüge überall in die Welt und sogar in die Vergangenheit und in die Zukunft gemacht. Das geschah in Sekundenschnelle, er musste sich nur auf das Ende des Mondstahls setzen, die Augen schließen und ab ging die Post.

Aber diesmal streikte der Mondstrahl, lehnte den Ausflug nach Bethlehem rundheraus ab. „Weißt du denn nicht, dass dort Krieg ist, seit dem 7. Oktober. An dem Tag hat die Hamas, das ist eine islamische Organisation, die Israel als Staat nicht anerkennt, dem Land den Kampf angesagt hat. Vom Gazastreifen aus schießen sie auf das Land. Die Israelis wehren sich heftig. Häuser werden zerbombt, Menschen verwundet, viele sterben. Die Menschen wissen nicht, wo sie hin sollen, wie sie sich schützen können, hungern und frieren. Bethlehem scheint zwar nicht unmittelbar betroffen zu sein, aber friedlich und sicher ist es dort keineswegs", berichtete der Mondstrahl.

Tom war enttäuscht.

„Was ich tun kann, ist", sprach der Mondstrahl weiter, „dass ich dorthin fliege, mir kann ja nichts geschehen. Außerdem will ich ja in die Vergangenheit. Es dauert nicht lange, dann bin ich wieder bei dir und erzähle dir, was ich gesehen und gehört habe." Ohne Toms Antwort abzuwarten, flog er davon.

Ungeduldig wartete Tom am Fenster. Es dauerte aber doch ungewöhnlich lange, bis der Mondstrahl zurückkam.

„Erzähl", forderte Tom ihn auf.

„Das sage ich dir gleich", begann der Mondstrahl seinen Bericht, „die Gegenwart dort sieht ganz schrecklich aus. Traurige, ängstliche Menschen, wohin man sieht. Aber du wolltest ja wissen, was kurz nach Jesu Geburt dort los war. Als ich hinkam, nicht mehr viel. Fast alle Leute, die das Kind sehen wollten, waren wieder weg, auch die drei Weisen aus dem Morgenland. Sie waren einem Stern gefolgt, der sie zum neuen König der Juden führen sollte, und sie waren der Meinung, dass sie ihn hier in der Krippe gefunden hatten. Davon hatte auch König Herodes gehört. Er regierte sein Volk und sein Land sehr streng, viele Juden hatten Angst vor ihm. Und Herodes hatte Angst vor einem neuen König, wollte seine Macht nicht verlieren und schmiedete einen grausamen Plan. Josef war nach dem ganzen Rummel erschöpft eingeschlafen. Ein Engel erschien ihm im Tram und befahl ihm, mit dem Jesuskind und Maria zu fliehen. Denn Herodes hatte seine Soldaten losgeschickt. Sie sollten in Bethlehem alle Kinder, die noch nicht zwei Jahre alt waren, töten. Und die Soldaten waren gehorsam. So schnell es ging, packten Josef und Marie ihre Sachen auf den Esel, der noch im Stall stand, und machten sich auf den Weg. Nach Süden sollten sie gehen, hatte der Engel gesagt."

Der Mondstrahl musste sich erst einmal ein wenig ausruhen. „Das war es, was ich gehört und gesehen habe. Dann bin ich zu dir zurückgekommen. Aber darüber, wie die Flucht nach Ägypten weiterging, gibt es viele Geschichten auch in der Bibel, im Matthäus-Evangelium. In Ägypten haben sie einige Jahre gelebt, bis Josef wieder einen Traum hatte. Diesmal berichtete ihm ein Engel, dass Herodes gestorben sei."

Tom bedankte sich beim Mondstrahl. Er war sehr nachdenklich geworden.

„Und genau dort müssen gerade wieder viele Menschen flüchten, haben Hunger und Angst um ihr Leben", sagte er.

„Weißt du", antwortete der Mondstrahl, „mich gab es schon länger als die Menschen und ich habe vom Mond aus den Überblick. Solange sie da sind, gab es immer wieder irgendwo Kriege um Macht und Geld. Immer wieder müssten Menschen flüchten."

„Hört das den nie auf?", fragte Tom ganz verzweifelt.

„Ich fürchte, es wird leider so weitergehen", entgegnete der Mondstrahl.

„Gibt es etwas, was ich dagegen tun kann?", wollte Tom wissen.

„Fällt dir da was ein."

„Ja", sagte der Mondstrahl, „du bemühst dich um ein friedliches Miteinander mit deiner Familie, deinen Freunden und in deiner Klasse. Fängst keinen Streit an und versuchst, wenn es notwendig ist, zu helfen. Zum Beispiel den Flüchtlingskindern, die es bestimmt auch in deiner Klasse gibt. Lass dir mal was einfallen. Die Kriege in der Welt kannst du nicht verhindern, aber in deiner Umgebung für Frieden eintreten. Wenn das viele Menschen tun würden, ginge es auf der Welt schon sehr viel friedlicher zu."

Margret Küllmar, *geboren 1950, aufgewachsen auf einem Bauernhof in Nordhessen, nach der Schule Ausbildung in der Hauswirtschaft, dann Lehrerin an einer Berufsschule, jetzt im Ruhestand, schreibt Kurzgeschichten und Gedichte. Veröffentlichungen in zahlreichen Anthologien und von drei eigenen Lyrikbänden.*

Kurskorrektur nach Bethlehem

Es herrscht Hektik hinter der Wolkenformation über dem Land am östlichen Mittelmeer.

Bo versucht, die Helligkeit des Sterns, für dessen aktuellen Einsatz er seit zwanzig Tagen verantwortlich ist, zu regulieren. Aber noch mehr Leuchtkraft kann er nicht herausholen.

„Sie sind falsch abgebogen!", empört sich Bo. „Was soll das? Ihr sollt dem Stern weiter folgen – nach Bethlehem, nicht abbiegen nach Jerusalem! Haaallloooo? Hochgucken und Kurskorrektur!", ruft Bo, doch die Adressaten sind viel zu weit weg, als dass sie ihn hätten hören können.

„Was ist los?", will Sam wissen, der sich hinter Bo gestellt hat und zwischen dem in vollster Helligkeit leuchtenden Stern und denjenigen, die diesem bereits seit Tagen aus dem Morgenland gefolgt sind, hin und her schaut.

Bo seufzt. „Bisher ging alles gut! Balthasar hat den Stern zur richtigen Zeit am Himmel entdeckt und kapiert, dass das der besondere Stern ist, auf den er schon seit seiner Kindheit gewartet hat. Er ist sofort zu Melchior gelaufen, der ihm bestätigte, dass die alte Prophezeiung sich nun erfüllen wird. Sie haben ihre Sachen gepackt, sind auf ihre Kamele gestiegen und haben in der nächsten Stadt auch noch Caspar Bescheid gegeben, dass er mitkommen solle, um ebenfalls dem vor langer Zeit von Propheten angekündigten wunderbaren Ereignis der Menschwerdung Gottes beizuwohnen. Sie waren auch super gut im Zeitplan – bis sie aus mir nicht erklärbaren Gründen nach Jerusalem abgebogen sind. Ich blinke hier rum wie ein Bekloppter, aber sie bewegen sich zielsicher auf den Tempel zu. Sie werden noch zu spät kommen! Bald startet Micha den Countdown für die himmlischen Heerscharen und das Hosianna und dann ..."

„Jetzt beruhige dich mal!", beschwichtigt Sam den aufgeregten Bo. „Noch ist etwas Zeit bis zur Geburt des Kleinen. Maria und Josef sind doch auch eben erst in Bethlehem angekommen. Die beiden hatten ganz schön Stress, eine Bleibe zu finden, da wegen der Volkszählung alle Unterkünfte schon voll waren."

„Ja, die Standortänderung wurde mir genannt und die Endposition des Sterns habe ich bereits eingegeben. Aber die werten Herren marschieren trotzdem lieber direkt in den Palast des Herodes. Kapier ich nicht!"

Sam runzelt die Stirn: „Wo würdest du denn einen neugeborenen König suchen? Gewiss am ehesten in einem Palast und nicht in einem elenden Stall, oder?"

„Dass einer, der in einer Prophezeiung angekündigt wurde und der einen Stern als Wegweiser hat, kein normaler König sein kann, ist doch offensichtlich. Und somit dürfte sich doch wohl auch die Unterkunft von der eines normalen Herrschers unterscheiden", grummelt Bo weiter.

„Aber in Bethlehem?", gibt Sam zu bedenken. „In einem Stall? Wer kommt denn da drauf?"

Bo verliert langsam die Geduld: „Deshalb sitze ich hier und lasse den Stern leuchten!"

Sam zuckt mit den Schultern und will sich gerade zum Gehen wenden, da kommt Phina herbeigeeilt. „Wisst ihr, was ich gerade mitbekommen habe?", fragt sie völlig außer Puste und schüttelt ihre blonden Locken.

„Nein, aber du wirst es uns bestimmt sogleich wissen lassen!", gibt Bo mit angenervtem Unterton zurück.

„Die drei Weisen aus dem Morgenland, die deinem Stern folgten, sind bei Herodes im Palast."

„Ja, das weiß ich!", blafft Bo sie an.

„Aber du weißt nicht, dass sie sich dort nach dem neugeborenen König erkundigen", ruft Phina aufgeregt.

„So was haben wir uns bereits gedacht", entgegnet ihr Sam gelassen.

„Aber ihr wisst nicht, dass Herodes ihnen soeben aufgetragen hat, das Kind zu finden und dann zurückzukommen, um ihm zu sagen, wo es ist, damit auch er ihm huldigen kann!"

Bo und Sam blicken Phina verdutzt an.

„Das kann nichts Gutes heißen", schlussfolgert Sam.

„Wären sie mal weiter meinem Stern gefolgt, dann gäbe es jetzt keinen Ärger", meckert Bo und blickt zum Tempelberg. „Ach, guck mal da! Da kommen die drei aus dem Palast. Und Herr Melchior zeigt auf den Stern – ja, danke, den Umweg hättet ihr euch sparen können", keift Bo in die Richtung der drei königlich gekleideten Männer, die nun tatsächlich auf ihren Kamelen nach Bethlehem reiten.

Phina stößt Sam an: „Schaut mal da rüber! Es ist so weit! Man meint, Micha habe sich mächtig ins Zeug gelegt. Wo hat er denn die alle aufgetrieben?"

Kaum hat Phina den Satz beendet, erschallt vom himmlischen Chor ein lautes, leuchtendes: „Hosianna! Ehre sei Gott in der Höhe und Friede auf Erden bei den Menschen seines Wohlgefallens."

Bo ist beleidigt und mault: „Tja, wärt ihr mal gleich nach Bethlehem gegangen, dann wärt ihr vor den Hirten im Stall gewesen."

Unweit des Stalles, der von Bos Stern angestrahlt wird, sind die drei von ihren Kamelen gestiegen und begeben sich nun mit ihren Geschenken in die ärmliche Behausung. Dort ist es recht eng geworden, weil tatsächlich nicht wenige Hirten von den Feldern gekommen sind, um das neugeborene Kind zu sehen, über das die Engel gesungen haben, er sei der Retter der Welt.

„Ach, Bo, jetzt nimm's sportlich. Du hast doch alles gegeben!", meint Sam. „So dumm ist das doch gar nicht, dass die Hirten zuerst bei Maria, Josef und dem Kind sind. Das ist doch auch die Idee: Der Menschensohn kommt zu allen, ganz gleich, welchen Geschlechts, welcher Hautfarbe, welchen Standes."

Phina ergänzt: „Wichtig ist doch, dass alles gut gegangen ist. Die Prophezeiung hat sich erfüllt, mitten unter den Menschen ist Jesus, der Sohn Gottes, geboren worden. In einer Krippe liegend haben die Hirten und die Könige ihn gesehen. Er ist wohlauf und wird in besonderer Weise wirken als wahrer Mensch und wahrer Gott."

„Wenn Balthasar, Melchior und Caspar aber zurück zu Herodes laufen und ihm verraten, wo Jesus zu finden ist, dann ist er in großer Gefahr", gibt Bo zu bedenken.

Sam überlegt. „Mir ist jemand bekannt, der sich gut mit Träumen auskennt. Wenn er Josef träumen lässt, dass sie so schnell wie möglich verschwinden müssen, und Balthasar und seine Freunde den Hinweis bekommen, ohne Umwege direkt zurück ins Morgenland abzureisen, müsste dies helfen, zu verhindern, dass Herodes ihn zu fassen kriegt."

„Das wird hoffentlich gelingen", meint Bo und wendet sich mit einem Lächeln seinem Stern zu. „Dann werde ich dich mal dimmen, damit du nicht völlig ausbrennst. Du hast gute Arbeit geleistet!"

Phina, Sam und Bo warten noch eine ganze Weile, bis alle Besucher des Neugeborenen den Stall wieder verlassen haben. Es fällt ihnen auf, wie hoffnungsvoll und glücklich alle aussehen. Sie schweben lautlos aus der Wolkenformation hinunter zur Erde in den Stall hinein. Maria und Josef haben sich im Stroh zur Ruhe gelegt. Die drei Engel bleiben über der Krippe schweben, sodass sie den kleinen Jesus, der friedlich schläft, einen Moment lang in Ruhe betrachten können.

„Alles Gute, kleiner Menschensohn!", flüstert Bo.

„Alles Gute, dir Gottes Sohn", sagt Sam leise.

„Halleluja dem, der Frieden bringt!", jubelt Phina in ihre Locken hinein.

Als sie sich wieder in Richtung Himmel auf den Weg machen, nimmt Sam wahr, dass sich Josef unruhig im Schlaf herumdreht, er scheint zu träumen, und Bo sieht gerade noch aus den Augenwinkeln, wie Maria sachte nach der kleinen Hand des Kindes greift und, all die Geschehnisse in ihrem Herzen bewahrend, milde lächelt.

Ivonne Schweitzer, 49, lebt in der Region an der Lahn und liebt das Lesen und den Sonnenschein.

Bethlehem 2.0

Der eisig über die baumlose Ebene wehende Wind lässt die vor dem Stall stehenden Hirten die Hände reibend von einem Fuß auf den anderen treten. Silbern glänzt über ihnen am Firmament der Weihnachtsstern. Darunter schwebend ein himmlisches Engelsensemble. Harfen klimpern, Posaunen tuten, Glöcklein bimmeln, die ersten Takte von *Vom Himmel hoch, da komm ich her* werden gesummt.

Jehoel, als Engel des Gesangs der Chorleiter der Seraphim, schlägt mit seinem Dirigierstab auf die Dachfirst des Stalles. „Silentium, Ruhe bitte, der Josef kommt."

Quietschend öffnet sich die windschief in der Angel hängende Stalltüre. „Tataaa", setzen die Engel zu einem Crescendo an. Die Hirten klatschen in die Hände und werfen ihre Mützen in die Luft.

Aber, was ist denn mit dem Josef los? Dieser rudert verzweifelt mit seinen Armen und ruft: „Stooooop – anhalten – aufhören."

Das Orchester verstummt, die Hirten gucken verdattert und sammeln ihre Mützen ein.

Betretenes Schweigen.

„Hm, hm", räuspert sich Josef und schluckt leer. „Liebe Anwesende ...", druckst er herum.

„Laaauter", rufen die Hirten und halten die Hände hinter die Ohren, „wiiir versteeeh'n diiich niiicht."

„Ich haaabe schleeechte Naaachrichteeen", nimmt Josef einen neuen Anlauf. „Diese lange Reise auf dem Rücken des Esels war für Maria wohl zu viel. Ich vermute, mit der Geburt des Jesuskindleins wird es nichts." Er zuckt entschuldigend mit den Schultern und verschwindet.

„Ach nein", klagen die Engel bedauernd, „das ist aber schade", packen ihre Instrumente zusammen und fliegen davon.

Rundherum herrscht vor dem Stall Ratlosigkeit.

„Das kann der doch nicht machen", grummeln die Hirten. „Da

kommt so ein *Flattermann*, überredet uns, unsere Schafe alleine zu lassen und herzukommen – und nun dies."

„Wir sind auch verunsichert", sagt ein greises Paar. „Was wird nun aus unserem Johannchen werden, den wir in unseren alten Tagen noch bekommen haben? Schließlich war vorgesehen, dass er vor IHM herziehend", die Frau deutet mit dem Kopf gegen den Stall, „IHM den Weg bereiten soll."

Ein anderer ergreift das Wort und stellt sich vor: „Ich bin Micha, Prophet, und habe vor rund 700 Jahren vorausgesagt: *Du, Bethlehem Efrata, die du klein bist unter den Städten in Juda. Aus dir soll der kommen, der in Israel Herr sei.* Ich habe gerade mit meinen Prophetenkollegen gesprochen. Jesaja, Jeremia, Hesekiel, Daniel, Habakuk und wie wir alle heißen. Mindestens 200, 300 Geschehnisse meinen wir, vorausgesagt zu haben, und sind mehr als konsterniert. Haben wir uns geirrt? Wir befürchten, künftig für Proleten statt Propheten gehalten zu werden."

„Das sind doch Luxusprobleme", enerviert sich eine junge Mutter mit einem Säugling auf dem Arm. „Dank diesem – angeblichen – Missgeschick sind mein Simeönchen und 300 andere Kleinkinder nicht Opfer der Schergen von König Herodes geworden."

„Liebe Untertanin, aus Ihrer Warte betrachtet kann ich Ihre Gedanken in gewisser Weise nachvollziehen", wendet sich dieser, unter einem Baldachin stehend und einer funkelnden Krone auf dem Kopf, an die Frau. „Aber", gibt er zu bedenken, „Sie dürfen nicht vergessen, zum Erhalt bewährter gesellschaftlicher und politischer Strukturen müssen hie und da Opfer gebracht, Kollateralschäden in Kauf genommen werden."

„Und was wird jetzt aus uns", ruft eine Gruppe Männer hoch zu Pferd und in Ritterrüstungen. „Kreuzritter und arbeitslos", entsetzen sie sich. „Eine Schande ist das. Oder gibt es Alternativen, für die wir kämpfen können?"

„Immerhin wären dann auch diese dort nicht gekommen, wenn kein christliches Abendland zu unterwerfen gewesen wäre", sieht ein anderer Positives. Er deutet auf eine Gruppe exotisch Anmutender mit Turbanen auf den Köpfen und Krummsäbeln in den Gürteln. Es ist Johann Andreas von Liebenberg, Bürgermeister Wiens während der zweiten Belagerung durch die Türken.

Der Anführer der Osmanen, Großwesir Kara Mustafa Pascha, tritt nach vorne. „Ha ha ha", lacht er. „Dann hättet ihr schauen können, wie ihr zu eurem köstlichen Türkentrank gekommen wäret, den ihr noch heute so gerne in euren Kaffeehäuscrn mit reichlich Schlagobers zu euren Apfelstrudeln mit Vanillesoße schlürft."

„Als Pfarrer möchte ich auf die theologischen Komplikationen hinweisen, welche diese neue Situation mit sich bringen würde", sagt einer in einem schwarzen Ornat von einer Kanzel runter. „Ich hoffe sehr, dass es sich bei dem allem nur um eine temporäre Episode handelt. Sonst käme", er schüttelt ungläubig den Kopf, „der ganze Heilsplan Gottes durcheinander, die ganze Rettung der Menschheit müsste neu gedacht werden. Denn ohne Weihnacht keine Ostern, ohne Ostern keine Erlösung. Auch nicht vergessen dürfen wir die Folgen für die Eschatologie, die Lehre von den letzten Dingen."

„Diesbezüglich müssen wir unbedingt eine Lösung finden", fordert Herodes unter dem Baldachin. „Wie wollen wir unsere Untertanen, denen es beschissen geht, bei Laune halten, wenn wir ihnen durch den Klerus keine Hoffnung auf ein glorioses Jenseits machen können?"

„Im bitte Sie, realistisch zu sein", mischt sich ein anderer in die Diskussion ein. „Das Jenseits ist doch ein Nebenschauplatz, der in einer halben Stunde in einer Kirche, einem Tempel oder wo auch immer abgehandelt werden kann. Das ultimative Weihnachtserlebnis liegt doch im Beschenken unserer Liebsten. Mit Gaben, erstanden in unseren schönen Kaufhäusern. In dem Punkt bin ich bei Ihnen, Majestät. Weihnachten muss um jeden Preis gerettet werden. Sonst sehe ich schwarz für unsere Wirtschaft. Es ist zu bedenken, dass viele von uns die Hälfte ihres Jahresumsatzes mit dem Weihnachtsgeschäft generieren."

Schrill wird der Sprechende durch gellende Trillerpfeifen unterbrochen. Fahnenschwenkend betreten Gewerkschaftsvertreter in knallroten und -gelben Westen die Szenerie.

„Ihr Defätismus ist eine Schande", plärrt es aus einem Megafon. „Erst die Finanzkrise, dann Corona und jetzt soll es angeblich keine Weihnacht mehr geben. Sie schrecken vor nichts zurück, uns Werktätige zu drangsalieren. Aber eines sei gesagt. Auch ohne Weihnacht und gegebenenfalls auch ohne Gott: Wir verzichten auf keinen einzigen bezahlten, christlichkirchlichen Frei- oder Feiertag."

Am Rand des Geschehens streckt ein weiterer die Hand in die Luft.

„Ich bitte darum, in der ganzen Diskussion die Klein- und Kleinst-, die Einmann- und Einefrauunternehmen nicht zu vergessen. Ich beispielsweise biete Kurse zum Schreiben von Weihnachtsgeschichten an. Ich denke, ich muss nicht weiter ausführen, was es für mich bedeuten würde, wenn das hier im Fiasko endet." Er führt seine beiden, einen Trichter bildenden Hände an den Mund und ruft: „Herr Josef, ich bitte Sie eindringlich darum, lassen Sie uns nicht im Stich."
Quietschend öffnet sich die Stalltüre erneut und Josef erscheint.
Der Kursanbieter wird blass und stottert: „Herr Josef, ich bitte Sie, ich habe nie an Ihrem guten Willen gezweifelt."
Josef winkt ab. „Nur keine Angst. Mein Herr. Ihr alle. Ich habe euch Gutes zu berichten:

Ein Mädchen wurde uns geboren!
Schwarz –
von den Füßchen bis hinter die Ohren."

Hans Peter Flückiger, *1952, aus Solothurn (Schweiz). www.geschichten-gegen-langeweile.com*

Das Geheimnis von Qumran

Der strahlende Komet am Nachthimmel tauchte den kleinen Ort Bethlehem in ein sanftes Licht. Es war ein Licht der Hoffnung, weithin sichtbar und an keine Grenzen gebunden: das Licht für eine neue Welt und seine Schöpfung.

Nach der Geburt des Messias, die als solche in einem geistigen Ritual durch die drei Weisen aus dem Morgenland bezeugt worden war, begann sogleich die Umsetzung der längst geplanten Maßnahmen, um Leib und Leben des Jesus-Kindes vor den brutalen Handlangern des Herodes zu schützen. Auch die Eltern des Messias – Maria und Josef – gedachten sich in Sicherheit zu bringen, obgleich dies bedeutete, für lange Zeit von ihrem Kind getrennt zu sein. Aber es würde leben, heranwachsen und seiner Bestimmung entgegentreten.

Ein loyaler Freund der Familie, der Beduine Yasni, war in die kommenden Geschehnisse eingeweiht. Er war es auch, der einen unauffällig gekleideten Gast zu den alten Kamel-Stallungen führte, die ein wenig außerhalb lagen.

„Pssst! Hier entlang", sagte Yasni leise und sah sich nach allen Seiten um.

Der Gast, der sich zur verabredeten Zeit eingefunden hatte, trug wie Yasni ebenfalls ein langes Gewand aus Leinen und dazu Sandalen. Er folgte dem Beduinen auf Schritt und Tritt. Natürlich benutzten sie keine Laterne, um nicht entdeckt zu werden. Auch in den unbenutzten Kamel-Stallungen, deren Silhouette sich nach einigen Kilometern Fußmarsch durch den Kometen in der Dunkelheit sanft abzeichnete, gab es keinerlei Licht. Das einzige Licht, das in dieser Heiligen Nacht entzündet worden war, war das Licht des Herzens.

„Keine Sorge, ich bin es!", flüsterte Yasni, als er sich der mittleren Stallung näherte, in der zwei menschliche Umrisse zu ahnen waren, die sich aus einer Starre zu lösen schienen.

„Yasni! Was für eine Freude!", rief Maria leise. „Jetzt wird alles gut."

Sie eilte auf den Freund zu und nahm ihn in die Arme, während

Josef, der seiner Frau gefolgt war, ihm wohlwollend auf die Schulter klopfte.

„Das hier ist Shameel", entgegnete Yasni. „Er wird euren Sohn in seine Obhut nehmen. Ich werde ihn zu den Höhlen von Qumran begleiten."

„Wir danken euch sehr", seufzte Josef erleichtert und hieß Shameel willkommen, während im Hintergrund das Jesus-Kind in der Krippe vergnüglich vor sich hin lachte, als würde es den Ereignissen bereitwillig zustimmen.

„Wir werden eurem Sohn die beste Erziehung und den besten Unterricht angedeihen, der uns in unserer Gemeinschaft der Essener nach geistigen Kräften möglich ist", richtete nun Shameel das Wort an die Eheleute.

Maria weinte vor Glück, obwohl die bevorstehende Trennung schwer auf ihr lastete. Aber eine andere Möglichkeit gab es nicht.

„Mein geliebter Bruder, der ebenfalls den Namen Josef trägt", so Maria, „wartet auf uns im Hafen von Joppe in Judäa. In einer Woche läuft sein Handelsschiff zu einer längeren Fahrt nach Britannien aus. Wir werden meinen Bruder dorthin begleiten und erst später nach Ägypten zurückkehren. Außerdem ist mein Ehemann mit dem Handwerk des Schiffsbaus vertraut."

Josef nickte. „Ein kinderloses Paar, das alleine unterwegs ist, wird von den Schergen des Herodes keinerlei Aufmerksamkeit auf sich ziehen."

„Es handelt sich um Josef von Ephraim, nicht wahr?", fragte Shameel die Mutter Jesu.

„Er hat es zu Ansehen und Reichtum gebracht", erwiderte Maria. „Als die Prophezeiung mich auserkoren hatte, leistete er mir gegenüber einen Schwur, mir, seinem Schwager und seinem Neffen zu dienen. Außerdem kennt er die bedeutendsten Schulen der Metaphysik und Geisteslehren."

Der Beduine zog die Stirn in Falten. „Der bedeutendste Vertreter einer dieser Schulen", so Maria zu Yasni, „steht direkt neben dir!"

Yasni zeigte sich ebenso überrascht wie beeindruckt. „Ganz zu Euren Diensten", verneigte sich der Beduine vor Shameel.

„Lasst es gut sein", entgegnete der Lehrer, „wir sind doch alle nur Sandkörner im Meer der Wüste. Erst wenn wir einen Bund schließen, können wir am Ende Großes bewirken."

„So sei es", fügte Josef hinzu. „Möge das Vorhaben gelingen."
Während er sprach, ergriff Maria kurz seine Hand. Dann nahm sie einen aus Binsen geflochtenen und mit weichem Stoff ausgekleideten Korb, nahm ihren Sohn aus der Krippe und legte ihn behutsam hinein. Sie bettete das Kind, küsste es auf die Stirn und strich liebevoll über seine rotblonden Haare. Josef tat es ihr gleich. Der kleine Jesus strahlte vor Freude. Die Eheleute gaben ihren Sohn jetzt ganz offiziell in die Obhut von Shameel, dem Obersten Lehrer der Schule von Qumran.

Yasni war Zeuge dieses außergewöhnlichen Augenblicks. „Vor deiner Ankunft habe ich noch nie von dieser Schule gehört", gestand er Shameel.

„Das mag dich nicht weiter wundern", so der Lehrer, „sowohl die Schule als auch seine Schüler unterliegen der strengsten Geheimhaltung. Für die Römer sind wir nur ein paar Verrückte, welche die Armut dem gesellschaftlichen Leben vorziehen. Sie interessieren sich nicht für uns, denn wir entrichten immer pünktlich unseren Zoll."

„Meine Zunge ist versiegelt", sagte der Beduine und nahm das Binsenkörbchen mit dem Jesus-Kind an sich. „Es ist an der Zeit, nutzen wir die Nacht. Ich weiß um eine wenig bekannte Abkürzung durch das unwegsame Gebirge, sodass wir zu Fuß etwa sieben Stunden benötigen werden. Für das Kind habe ich Kamelmilch dabei."

Der Stern von Bethlehem leuchtete nun ein wenig heller. Die beiden Männer verabschiedeten sich von Maria und Josef und gingen zügig ihres Weges, ohne sich noch einmal umzublicken, während die Mutter Jesu in sich zusammengesackt war. Sie sollte ihren Sohn, den Messias, erst als Knaben wiedersehen.

Als Yasni und Shameel den kargen Einsiedler-Ort Qumran in der Nähe des Toten Meeres erreichten, war es früh am Morgen kurz vor Sonnenaufgang. Das Kind in dem Körbchen erfreute sich bester Gesundheit. Von nun an war es ein Mitglied der essenischen Gemeinschaft.

Qumran war der geheime Ort, an dem Jesus die Jahre seiner Kindheit verbrachte. Jahre des Lernens und des Übens. Während dieser Zeit entstand eine ganz besondere Freundschaft, die ein Leben lang andauerte. Es gab nämlich noch einen zweiten außergewöhnlich begabten Schüler, der von den Essenern in Astronomie, Mathematik, Astrologie, dem Heilwesen, Meditation, der Literatur und Poesie, den Geistigen Gesetzen und so weiter unterrichtet wurde: Es war die Zwillingsseele von Jesus und sein Name war Johannes. Er begleitete seinen Freund dabei, dessen Schicksal anzunehmen, und zwar zum Segen für die gesamte Menschheit. So wurde aus dem Messias der Christus, der Sohn Gottes. Amen.

Udo Brückmann, *geboren 1967, lebt als Autor, Dozent und Coach im ländlichen Niedersachsen. Zahlreiche Veröffentlichungen: Romane, Kurzgeschichten, Lyrik, Kindergedichte u. v. m.. Alle Infos auf der Webseite www.udo-brueckmann.de*

Graupelz

Wenn die Menschin nicht so nett wäre, wenn sie das Kraulen nicht so gut beherrschen würde, keinen Schritt würde ich gehen.
Keinen Schritt.
Wir Esel sind da konsequent.
Sie aber ist freundlich. Sie versteht sich mit Eseln.
Sie kommt sachte her zu mir, streichelt mir über die Ohren, spricht leise, hat manchmal etwas zu essen dabei. Etwas Gutes. Ich mag sie.
Den Menschen mit dem Fell im Gesicht mag ich auch. Der hat auch keine bösen Absichten. Der hat mir auch noch nie wehgetan.
Ich wohne noch nicht lange bei denen.
Die beiden sind gute Menschen.
Mit den anderen war das fürchterlich. Andere schlagen Esel!
Ja! Andere Menschen schlagen uns und schreien mit Eseln! Solche Menschen kenne ich auch. Zum Glück haben die mich weggegeben.
Man ist den Menschen ja ausgeliefert. So ist es doch. Man kann bockig sein und etwas nicht machen wollen – sie finden immer Mittel, damit man letzten Endes dann doch gefügig wird.
Aber mit den beiden, mit denen hatte ich Glück.
Nur sind alle Menschen immerzu unterwegs.
Andauernd.
Die geben den ganzen Tag keine Ruhe. Immer rennen die herum.
Als Esel möchte man gerne ein bisschen auf einer Weide stehen. Ein bisschen grasen, dösen, die Ohren hängen lassen … Aber ständig kommen die daher und man muss das dahin tragen und mit ihnen dorthin gehen …
Grauenhaft.
Wenigstens füttern sie mich gut. Sie vor allem. Sie hat immer etwas für mich dabei.
Schwer ist sie auch nicht. Obwohl sie ziemlich dick geworden ist. Ich glaube, sie bekommt ein Fohlen. Anders kann ich mir das nicht erklären.

Aber warum die dann diese Reise machen?
Wir sind schon lange unterwegs.
Ich trage sie gern. Für sie gehe ich gern so weit.
„Betlehem", hat der mit dem Fell im Gesicht gesagt. Man kann es sehen auf den Hügeln, dieses Betlehem. Wir waren schon dort.
Alles überfüllt.
Unglaublich viele Menschen und unglaublich viel Verkehr.
Auch viele Esel dabei.
Nein, ich hab es wirklich gut getroffen mit meinen Menschen.
Wenn ich die anderen so sehe, bin ich wirklich froh.
Wir haben viele Pausen gemacht und jedes Mal hat mich die Menschin zwischen den Ohren gekrault. Dann haben wir uns ein bisschen aneinander gekuschelt und sie hat gelächelt.
In einem Stall vor der Stadt sind wir schließlich untergekommen. Kein Problem für mich. Mit Ställen kenne ich mich aus, sozusagen.
Was mir allerdings nicht gefällt, ist, dass der mit dem Fell im Gesicht mich heraußen angebunden hat.
Heraußen!
Ich bin empört!
Einen Ochsen haben sie auch hinausgeworfen! Der hat da gewohnt! Dem ist das zwar relativ egal, er ist eher der gemütliche Typ.
Aber mir ist das ganz und gar nicht egal.
Meine Menschen binden mich heraußen an! Es ist kalt! Das war noch nie da.
Und Angst habe ich auch. Der Himmel sieht sonderbar aus, wenn man mich fragt. Da ist eine Sonne. Mitten in der Nacht. Nachts gibt es keine Sonnen und das ist auch keine, im Prinzip.
Sonnen leuchten heller. Dieses Ding am Himmel, eine Sonne mit einem Schweif, ein seltsamer Stern, leuchtet fremd. Das kenne ich nicht.
Was ich nicht kenne, macht mir Angst.
Ach! Siehe da!
Die Tür geht auf!
Der mit dem Fell im Gesicht kommt heraus.
Gut. Und er bindet mich los. Hervorragend.
Ich darf in den Stall! Na endlich!
Ja, was ist denn das!
Ja, was liegt denn da in der Futterkrippe!

Ein kleiner Mensch! Ein Menschenfohlen!
Hab ich es doch gewusst!
Darf ich schauen?
Ja? Darf ich es ansehen? Ihn?
Ein hübsches Menschenkind ist das!
So klein! Ihr habt es gut eingepackt, aber ist ihm nicht trotzdem kalt?
Lasst mich euer Kind doch ein bisschen wärmen. Wenn ich es anhauche, das Menschenkind, dann friert es vielleicht nicht. Ich werde ihm die Kälte abhalten. Wenn ich mich an die Krippe stelle, kann es vielleicht ein bisschen von meiner Wärme fühlen.
Der Ochse kann auch gerne dazukommen! Natürlich! Nur herbei!
Wenn wir alle zusammenrücken, wird es warm zwischen uns allen.
Das ist schön.
Ganz wunderlich möchte man werden.
Jedes neue Leben ist ein Geschenk.
Es beginnt eine neue Geschichte.
Dieses kleine, neue Lebenslicht, das wird noch groß für die Welt.
„Dessen Mutter ist auf einem Esel geritten", werden die Leute sagen. Der ist keiner, der auf einem Pferd daherkommt. Der ist ein Eselfreund und ein Freund der kleinen Leute.
Wo der hinkommt, wird es warm in der kalten Welt.
Das werden die Menschen immer brauchen. Die Tiere auch.
Und ich war dabei. In Betlehem.

Karina Luger *hat Salzburg Germanistik und Geschichte studiert. Sie ist verheiratet, hat zwei Kinder und wohnt in Linz an der Donau. Ohne Geschichten könnte sie sich das Leben nicht vorstellen. Es freut sie sehr, dass schon einige ihrer Texte in Anthologien in Österreich, Deutschland und in Südtirol erschienen sind.*

Die Hirten und der Engel

Es war eine sternenklare Nacht, damals in Bethlehem. Die Hirten Amon, Jona und Noah saßen im Kreis um ein kleines Feuer und sahen zu, wie die Flammen tanzten, während ihre Ziegen und Schafe in einiger Entfernung friedlich schliefen.

Lediglich einer der Hirtenhunde kam von Zeit zu Zeit bei ihnen vorbei, legte sich eine kleine Weile neben sie und trotte dann zurück zu den Tieren.

„Was ein Tag", seufzte Jona. „Die Tiere waren ganz unruhig wegen der ganzen Reisenden, die vorbeikamen."

„Das war wegen der Volkszählung des Kaisers", erklärte Amon.

„Augustus", fügte Noah hinzu.

„Ja, genau, Kaiser Augustus hat eine Volkszählung veranlasst", nahm Amon den Faden wieder auf. „Jeder soll in die Geburtsstadt seines Vaters zurückkehren, damit der Kaiser einen besseren Überblick über die Bevölkerung hat. Zum Glück kommt mein Vater aus Bethlehem, so muss ich nicht fort."

„Ich auch", sagte Jona und Noah nickte zustimmend. „Bei mir ist es genauso. Ich wusste nicht, dass so viele Menschen ursprünglich aus Bethlehem stammen. Wo sollen die nur alle unterkommen? Es sind allein heute bestimmt Hunderte Menschen an uns vorbeigewandert."

„Das ist eine gute Frage", stimmte Amon ihm zu. „Ich glaube, wir haben gar nicht genug Herbergen, sodass jeder einen Schlafplatz bekommen kann."

„Was ein Aufwand!" Jona zog kritisch eine Augenbraue hoch. „Das hätte man doch besser organisieren können. Wo sollen nun all die Greise unterkommen? Oder was ist mit der schwangeren Frau, die wir heute mit ihrem Mann gesehen haben? Es war doch schon so spät und fast dunkel zu der Zeit. Ich hoffe, sie haben wenigstens noch irgendwo ein Bett bekommen."

„Ich hoffe es auch", stimmte Amon ihm zu. „Aber ich bezweifle es stark. So viele Herbergen gibt es hier in Bethlehem doch gar nicht. Wer rechnet denn auch mit so vielen Reisenden auf einmal?"

„Und dabei kann es nachts in der Wüste doch so kalt werden!", fügte Noah hinzu. „Wir sitzen hier ja schon ums Feuer und selbst mir erscheint es gerade etwas frisch. Ich denke, ich werde gleich zu Bett gehen, um mich aufzuwärmen."

„Da hast du recht." Amon hielt seine Handflächen vor das flackernde Feuer, um sie zu wärmen. „Aber morgen ist ein neuer Tag. Hoffentlich sind dann alle Gäste hier in Bethlehem angekommen, ansonsten werden die Tiere wieder so unruhig sein wie heute."

„Oh ja", lachte Jona. „Die Hunde hatten auf jeden Fall ordentlich zu tun, die Ziegen und Schafe in Schach zu halten. Die armen Tiere dachten bestimmt, dass wir überfallen werden!"

Gerade als die Hirten vom Feuer aufstehen wollten, um sich schlafen zu legen, entdeckte Noah ein helles Licht am Himmel. „Schaut mal! Was ist das denn?"

„Vielleicht ist es eine Sternschnuppe?", überlegte Amon laut. „Aber warum zieht sie nicht vorüber?"

„Oder es ist ein sehr hell leuchtender Stern", fügte Jona hinzu. „Aber er hebt sich so stark von den anderen ab, eigentlich kann das gar nicht sein – und schaut nur! Er bewegt sich auf uns zu! Das kann doch nicht sein, oder?"

„Doch, doch", bekräftigte Noah ihn. „Du hast recht, Jona. Das Licht bewegt sich immer weiter auf uns zu. Was könnte das nur sein?"

Gebannt sahen die drei Männer zum Himmel und beobachteten, wie das helle Licht immer näher kam und tatsächlich auf sie zusteuerte. Nach einiger Zeit konnten sie die Umrisse des Lichtes erkennen. Es war eine menschliche Gestalt im hellen Gewand mit großen, schimmernden Flügeln.

„Ist das ein Engel?", fragte Jona ungläubig und Amon stellte im selben Moment fest: „Das ist ein Engel."

„Ein echter Engel", hauchte Noah.

Die drei Männer blieben wie angewurzelt an Ort und Stelle stehen und je näher der Engel kam, desto mehr Angst stieg in ihnen auf. Was wollte der Engel von ihnen? Sollten sie wegrennen? Sie sahen sich hilflos um, aber wussten, die Flucht wäre zwecklos.

„Habt keine Angst", sagte der Engel in diesem Moment und landete leichten Fußes vor ihnen auf dem Boden. „Ich bin gekommen, um euch eine frohe Botschaft mitzuteilen." Die Hirten konnten ihren Ohren nicht trauen.

„Uns?", fragte Amon ungläubig. „Aber warum gerade uns?"

„Ein Kind wurde geboren", fuhr der Engel unbeirrt fort. „Und es wird der rechtmäßige Herrscher der Stadt Davids sein, das Kind ist Gottes Sohn und Christus."

Die drei Hirten blieben stumm vor Ehrfurcht im Angesicht des Engels.

„Das Kind ist diese Nacht hier in Bethlehem geboren worden und seine Mutter bettete es in einer Krippe."

„Und was sollen wir jetzt tun?", brachte Jona schließlich hervor. „Sollen wir ihn suchen gehen?"

„Ja, ihr sollt ihn suchen und die frohe Botschaft verbreiten." Und mit diesen Worten lösten sich die Füße des Engels vom Boden und sein Flügelschlag trug ihn immer höher zurück in die Lüfte. Die Hirten blickten ihm noch nach, bis er hinter den Sternen in der Dunkelheit der Nacht verschwand, und sahen sich dann gegenseitig an.

Keiner wusste so recht, wie sie nun reagieren sollten, dann sagte Amon: „Gott hat ein Wunder vollbracht." Ein Lächeln breitete sich auf seinem Gesicht aus. „Und wir dürfen Zeugen davon werden."

„Wir müssen diese frohe Botschaft unbedingt verbreiten!", japste Noah enthusiastisch.

Jona fügte hinzu: „Und wir müssen das Kind finden!"

Dann rannten die drei los in Richtung des Stadtkerns von Bethlehem und ließen die verdutzten Hirtenhunde, Ziegen und Schafe zurück.

„Der Sohn Gottes wurde geboren!", riefen sie aufgeregt. „Der Messias ist da! Der Messias ist da!"

Die Einwohner Bethlehems sahen die drei Hirten verdutzt an und legten sich dann wieder schlafen. Das mussten Verrückte sein! Vermutlich hatten sie zu viel Zeit mit ihren Schafen und Ziegen verbracht und dabei den Verstand verloren.

Die drei stürmten in jede Herberge hinein und fragten, ob dort in der Nacht ein Kind geboren worden sei, aber jeder Wirt schüttelte nur den Kopf, und ehe er ein Wort hervorbringen konnte, waren die drei schon wieder zur Tür hinausgerannt und auf dem Weg zur nächsten Herberge.

Bis sie schließlich bei der letzten Herberge ankamen. „Wurde hier heute Nacht ein Kind geboren?", fragte Jona aufgeregt. Der Wirt hob kurz den Blick.

„Das ist gut möglich", sagte er. „Ich hatte keine Zimmer mehr frei, also musste ich die schwangere Frau und ihren Mann in den Stall schicken. Möglicherweise hat sie dort das Kind geboren."

Die drei Hirten sahen sich bedeutungsvoll an und gingen dann schnellen Schrittes in Richtung des Stalls. Kurz davor verlangsamten sie ihr Schritttempo. Sie sahen Kerzenschein aus dem Inneren und Schafe, die ruhig vor dem Eingang des Stalls lagen. Sollte darin wirklich Christus liegen?

„Darin liegt also Gottes Sohn", stellte Jona fest. „Wie irrwitzig, dass er ein kleines hilfloses Kind ist, das während einer Reise in einem Stall zur Welt kam."

„Ja, das ist wirklich unglaublich", stimmte Amon ihm zu.

Und dann gingen die drei Hirten entschlossenen Schrittes zum Stall, lugten durch die Tür und sahen das Christuskind friedlich in seiner Krippe schlummernd. Sie konnten nur ahnen, dass dies der Beginn eines neuen Zeitalters werden sollte, das in dieser Nacht still begonnen hatte.

Julia Heß ist 22 Jahre alt und wohnt in Köln. Sie studiert Germanistik und schreibt in ihrer Freizeit gerne kleine und große Geschichten. Dabei ist ihr größtes Werk das 2022 erschienene Buch „Der Garten." Ansonsten geht sie gerne mit ihrem Hund spazieren und genießt die Natur.

Überblick

Die Sonne flimmert durch staubige, trockene Luftpartikel und durchdringt die Löcher im Dach. Der Sitz auf dem Balken oberhalb der Tenne fühlt sich ausgesprochen gemütlich an, zumal sie sich neben ihm einfindet.

„Hallo, wie gehts dir?", fragt er freundlich.

Sie lächelt: „Freue mich immer, wenn ich dich sehe, ist ja schon wieder einige Zeit her. War viel unterwegs."

Er verkneift sich zu fragen, wo sie sich aufgehalten hat. Eifersüchtig möchte er nicht erscheinen. Er streckt sich ein wenig. „Es wundert mich, was für eine Unmenge an Leuten hier heute Morgen in der Pension zusammenkommt. Bethlehem ist doch nur ein müdes Kaff. Wahrhaftig eine Völkerwanderung."

Sie lächelt und bestätigt ihm, nicht wirklich zu wissen, was sich ereignet. Dass die Hirten mit ihren Schafherden seit Tagen einen derartigen Lärm veranstalten, entspricht auch nicht deren Alltagsverhalten, merkt sie achselzuckend an.

Ihr Balken-Kumpel äußert: „Klar, natürlich nutzt der Wirt seine Chance, jeden auch nur verfügbaren Platz zu vermieten. Er behauptet, Raum sei jedoch nur noch in seiner Scheune, heißt in einem abgetrennten Stall. So spricht der Beherrscher der Räume. Oder frei nach dem Prinzip *Pecunia non olet.*"

Sie lächelt: „Du bist immer so ein schlaues Kerlchen. Deswegen laufen dir fast alle langbeinigen Frauen hinterher."

Die Scheunentür öffnet sich. Herein tritt der Pensionswirt mit einem jungen Paar. Die Frau, kaum dreizehn oder vierzehn, ist hochschwanger. Der Mann neben ihr wirkt verzweifelt und hilflos. Er beteuert, seine Frau, Miriam und er, Jusef, benötigten dringend eine Unterkunft. Außerdem wäre eine Hebamme hilfreich, denn die Geburt seines ersten Kindes stehe unmittelbar bevor. Der Wirt verspricht Hilfe.

Die beiden Balkenbeobachter schauen fasziniert zu, wie Miriam erschöpft auf ein von Jusef liebevoll hergerichtetes Strohlager sinkt. Jusef trocknet ihre Stirn, beruhigt sie, eine Kindsfrau sei unterwegs. Der Balkenchef murmelt. „Bin gespannt, wie das weitergeht. Heute stehen noch viele Geburten an. Ob eine Hebamme rechtzeitig kommt, sei dahingestellt." Seine Sitznachbarin meint: „Du glaubst gar nicht, was junge Frauen alles durchstehen. Sie wird ihr Kind problemlos zur Welt bringen."

In der Zwischenzeit bringt der Herbergenwirt zwei Tiere in den Stall. Einen brummigen Ochsen und einen grauen Esel. Er entschuldigt, es werde zwar eng in der Unterkunft, andere Reisende müssten ihre Tiere aber unbedingt unterbringen. Beide Tiere wirken ausgesprochen geduldig.

Allmählich verstärken sich die Wehen der jungen Frau. Sie wimmert leise vor sich hin. Jusef weiß sich nicht mehr zu helfen. Plötzlich platzt Miriams Fruchtblase. Ein Neugeborenes schiebt sich durch den Geburtskanal. Das winzige Baby, ein kleiner dunkelhaariger Junge, schreit seinen Unmut hinaus in die trostlose Umgebung.

Die nunmehr herbeigeeilte Kinderfrau bietet Jusef an, die Nabelschnur zu durchtrennen. Jusef wendet den Kopf ab und durchschneidet mit seinem Handwerkermesser die Verbindung zwischen Mutter und Kind. Das Kind zeigt den gleichen dunklen Teint seiner Eltern.

„Weißt du, diese ganze Geburt kommt mir merkwürdig vor. Im Stall und dann noch mit Ochs und Esel. Was soll das? Irgendwo hätte sich doch ein anderer Geburtsort finden können. Junge Leute …", knurrt der Behaarte.

Die Balkenprinzessin runzelt die Stirn: „Was willst du mir damit sagen? Du bist doch DER mit den Visionen. Sagt man dir doch immer wieder nach. Welche wie auch immer geartete Zukunft siehst du denn für das Kind und die Familie?"

„Na ja, die Miriam ist noch so jung, weitere Kinder werden sicherlich folgen. Er als der Älteste der Geschwister wird schon mal Konflikte in seiner Familie provozieren. Weiterhelfen wirds ihm auch nicht."

Sie runzelt zweifelnd ihre hübsche Stirn, denkt nach. Er hingegen schaut konzentriert auf die Stall-Szene herunter. Er horcht in sich hinein, ruft gedanklich seine Quran-Übungen auf, überlegt lange. Grummelt was von seinen Vorhersagen und einem Nostradamus.

„Was denn nun?"
Seine Balkenfreundin wird ungeduldig. „Wer ist dieser Nostradamus?"
Er krault sein linkes Bein, ignoriert ihre Frage. Seine langen Beinhaare müssten endlich mal wieder rasiert werden. Und nicht nur an dem einen Bein.
„Mit diesem dunkelhäutigen Knaben ereignet sich etwas Besonderes. Er wird nicht sein wie alle anderen. Jedoch seine Sanftmut und Güte, sein Mitleid und seine Fürsorge werden seine Anhänger und die Menschen nicht vor Gewalttaten und kriegerischen Auseinandersetzungen retten. Er selbst wird ein brutales Ende finden. Seine Lehren werden im Laufe der Jahrhunderte verhallen. Leider gefallen sich viele seiner Nachfolger in allen denkbaren Formen von Brutalität und Grausamkeiten, um seine tolerante Mission zu verbreiten. Menschen freien Willen zugestehen kann nur verkehrt sein. Sie wissen das nicht sinnvoll zu nutzen. Noch mal: Ich sehe es vor mir. Er stirbt elendig, so wie unendlich viele Menschen an Krankheiten, Gewalttaten und in immer währenden Kriegen." Ein tiefes Seufzen. „In ihrer Dummheit begeht die Menschheit lang andauernden Suizid."

Ihr hinreißendes Lächeln verwirrt ihren Balkenkumpel. „Sei doch nicht immer so pessimistisch, mein Lieber, denk doch mal optimistisch."

„Meine Liebe, wenn ich dich und deinen schlanken Körper erblicke, denke und fühle ich ausschließlich überschwänglich. Und, Liebste, verwechsele nicht pessimistisch mit realistisch. Und vergiss nicht, ich hatte schon früh erkannt, der angebliche Kindermord von Herodes erweist sich als eine weitverbreitete Lüge."

Ihre zartrosa Lippen stimmen ihm schmollend zu. Böse ist sie ihm nie, mit seiner lebenslangen Erfahrung kann sie nicht mithalten. Alle hingegen kennen sie als die schönste Balkenkönigin und beste Fliegenfängerin. Das beruhigt ihre Seele.

Er ist deutlich älter als sie und, zugegeben, immer noch attraktiv. Seine acht muskulösen Beine tragen einen wohlgeformten, durchtrainierten Körper.

„Meine Teure aus der Familie der Weberknechte, folge mir mit deinen acht schlanken und ansehnlichen Beinen in mein mit Liebe gestricktes Netz, gespickt mit leckeren Fliegen. Auch wenn ich aus der Sippe der Kreuzspinnen stamme. Dort erzähle ich dir noch weitere geheimnisvolle Visionen, von denen du dir kaum etwas vorzustellen vermagst. Ich denke, Hiroshima und Nagasaki sagen dir auch nichts, ganz zu schweigen von beiden Weltkriegen sowie dem Ukraine-Krieg und den Israel-Konflikten. Aber bestimmt fällt uns noch was anderes ein, als Visionen für kommende Jahrtausende zu überdenken."

Sein abgrundtiefes Lächeln entzückt die Langbeinige.

Karl-Heinz Richter, *geboren 1948, verheiratet, drei Kinder, zwei Enkel. Grund- und Hauptschullehrer, Diplom-Pädagoge, Gymnasiallehrer, als Studiendirektor in Pension. 2019 Master-Abschluss in Kunstgeschichte, Veröffentlichungen in Kunstpädagogik und Kunstgeschichte. Beteiligung an Buchprojekten in Form von Texten und Illustrationen sowie als Lektor. Kurzgeschichtenband: Karl-Heinz Richter und Nicole Krugmann: „Mord, Verbrechen und andere Leidenschaften, 2021. Kurzgeschichte in „Mein Vater ... und ich", 2024.*

Luzifer

„Ist dieses Neugeborene der zukünftige König der Juden?", fragte Balthasar. „Ein Stern wies uns den Weg bis zu dieser Viehhöhle in Bethlehem."

Die junge Frau wiegte die Futterkrippe, in der ein in Windeln gewickelter Knabe schlief. Ein älterer Mann stand schützend hinter Mutter und Kind. Das verklärte Antlitz der Jungfrau wetteiferte mit den warmen Strahlen der Sonne, mit dem reinen Licht des Mondes und mit dem prächtigen Glitzern der Sterne am Himmelszelt.

„Dies ist mein Sohn Immanuel. Mein Mann Josef und ich nennen ihn Jesus. Der Engel Gabriel prophezeite mir seine Geburt. Er ist nicht meines Mannes Sohn. Der Heilige Geist kam über mich. Wenn ihr ein Königskind sucht, müsst ihr in Herodes Palast in Jerusalem suchen", erklärte die holde Maid verlegen.

„Aus welchem Geschlecht stammt dein Sohn", forschte Balthasar drängend.

„Aus dem Hause Davids, da Josef ihn als seinen Sohn angenommen hat", erwiderte die schöne Frau stolz.

Balthasar stieg von seinem Kamel. Trotz seines hohen Alters sank er wortlos anbetend auf die Knie nieder.

„Dein Sohn wird den Thron Davids besteigen und über das Haus Jakobs herrschen. Seine Herrschaft wird ewiglich dauern", wahrsagte Caspar. Er kletterte von seinem Elefanten, faltete die Hände, beugte das Haupt und zitierte leise Psalmen.

„Wie heißt du? Woher kommst du?", fragte Melchior.

„Mein Name ist Maria", antwortete die Jungfer. „Wir kommen aus meiner Heimatstadt Nazareth. Es ist ein Erlass des Kaisers Augustus ergangen, wonach Josef und ich uns in Bethlehem in die Steuerlisten eintragen müssen. Das Wildtier, das einem Esel gleicht, aber ein Horn trägt, das Einhorn, hat das Ungeborene und mich getragen."

Melchior sprang von seinem Pferd, verbeugte sich und pries lautstark: „Gott ist mit uns. Das Wunder ist geschehen: Der Messias ist geboren!"

Maria bewegten die Worte der drei Sterndeuter in ihrem Herzen.

„Ruht euch von der Reise aus. Leider haben wir nur wenig Platz, kaum Schutz vor der winterlichen Kälte und nur Stroh, auf dem ihr neben dem Einhorn und dem Ochsen nächtigen könnt. Das Wenige, was wir zu essen haben, teilen wir gerne mit euch", luden Maria und Josef die drei Weisen ein.

„Macht keine Umstände, edle Herrin, edler Herr. Was gibt es Schöneres, als draußen unter dem freien Himmel zu schlafen, an dem die Sterne vor Freude auf und ab tanzen?", dankte Balthasar.

„Wir führen reichlich Getreide, Ziegenfleisch, Kräuter, Oliven, Datteln, Milch und Wein mit uns. Seid ihr unsere Gäste!", erwiderte Caspar.

„Bevor wir gemeinsam feiern, möchten wir Jesus Geburtstagsgeschenke überreichen", verkündete Melchior.

Balthasar legte Weihrauch, Caspar Myrrhe und Melchior einen Goldschatz in Jesus Bett. Dankbar brachten Maria, Josef und die drei Könige auf dem Altar Gott ein Opfer. Beim anschließenden Festmahl ließen sie es sich gut gehen. Immer wieder priesen sie Jesus Geburt und die Kraft und die Herrlichkeit des Höchsten.

Auf einmal kam ein Wind auf, der hellbraune Körner des Wüstensandes über die Gesellschaft wehte. Eine seltsame Müdigkeit überkam zuerst Josef, dann Balthasar, Caspar, Melchior und schließlich Maria. Die fröhliche Gesellschaft verfiel in einen tiefen Schlaf. Auch der Ochse schloss die Augen und ließ den Kopf hängen. Nur das Einhorn und Jesus, die bis dahin geschlafen hatten, öffneten abrupt ihre Augen.

Ein glühender Feuerball schoss wie eine Sternschnuppe blitzartig über den Himmel und schlug in den halb offenen Stall ein.

Rauch stieg auf.

Es stank nach Pech und Schwefel.

Ein nicht irdisches Wesen entpuppte sich schwebend, breitete seine rötlich schimmernden Flügel aus und ließ sich vor die Futterkrippe nieder. Sein silbriges Gewand war so fein gewebt – konnte es ein Engel sein? Allein sein Gesicht war schmerzverzerrt.

Gebannt schaute der Cherub in Jesus sanfte Augen, dessen direktem Blick der ungebetene Gast kaum standhalten konnte. Es schien so, als ob die düstere Miene und die lodernden Augen des vom Himmel Herabgestürzten weicher wurden. Oder war es nur eine Fata Morgana?

„Du bist also Gottes Sohn. Du hast meinen Platz eingenommen. Ich war Gottes Geistessohn. Du bist nur ein Kind aus Fleisch und Blut. Wahrlich kein Meisterwerk!", wütete der Eindringling zornig. „Erkenne meine Macht an! Schlage die Augen nieder! Schlafe!"

Jesus friedliche Augen blickten unbeirrt in die satanische Mimik des Fliegengottes.

„Soll ich meine Gestalt wechseln, damit du Furcht vor mir empfindest?", zischte der Beelzebub. Er dehnte, streckte, häutete und verwandelte sich in eine Schlange, die sich kreisend um die Futterkrippe bewegte.

Die Schlinge um Jesus zog sich immer enger.

„König Herodes sendet seine Folterknechte aus, um alle Neugeborenen unter zwei Jahren zu töten. Willst du ihm entkommen, so musst du freiwillig mit mir kommen! Ich kann dich retten. Du musst nur meine Macht anerkennen. Schließe deine Augen! Vertraue mir! Ich bin der Höchste!", züngelte der Bösewicht.

Jesus fuchtelte und boxte mit den kleinen Ärmchen.

„Du willst dich doch nicht mit mir anlegen? Ich bin der Herrscher der Welt, nicht Gott. Verstehst du dies nicht? Gehorche mir! Schlafe!", verlangte der Bösewicht.

Jesus brabbelte Unverständliches.

„Alle Frauen und Männer werden dir zu Füßen liegen. Du wirst lange leben. Folge meinen Geboten!", schmeichelte der Verführer.

Jesus strampelte.

„Bist du nicht ergeben, wirst du als unehelicher Sohn eines Zimmermannes in Armut aufwachsen! Deine Mutter wird als Hure beschimpft!", drohte der Schurke.

Jesus kreischte.

„Erkennst du meine Macht nicht an, wirst du nur von einer Gruppe weniger Auserwählter geliebt und geachtet. Einer wird dich verraten. Du wirst den Kreuzestod sterben. Folge mir! Ich werde dich mit Reichtümern überschütten. Dein Name wird gefürchtet. Du wirst alle Annehmlichkeiten des Lebens genießen. Du wirst ewiglich bei mir in der Unterwelt leben. Schließe endlich deine Äuglein! Sei brav!"

Jesus schaute den Antichrist unbeirrt an.

„Egal! Ich nehme dich mit in die Hölle. Gott wird Gift und Galle spucken und erkennen, dass ich der Mächtigste bin. Er und du, ihr werdet schon kuschen, verlasse dich darauf!"

Die Schlange verwandelte sich zurück in ihre engelsgleiche Gestalt. Der Höllenfürst packte Jesus.

Der Knabe wand sich heftig, fing lautstark an zu schreien.

Das Einhorn setzte sich in Trab. Es drohte dem Unhold mit seinem Horn.

„Luzifer! Lass das Kind los! Gehorche! Oder mein Schwert wird dich in tausend Fetzen schneiden!", ertönte die gebieterische Stimme eines Engels in einem goldigen Gewand, der aus dem Nichts auftauchte und die Grotte in gleißendes Licht tauchte.

„Gabriel! Gott hat es verboten, mich zu töten", lästerte der verstoßene Engel.

„Verschwinde!", befahl Gabriel.

Widerstrebend legte Luzifer Jesus in die Futterkrippe. „Gott ist machtlos. Jesus wird entweder durch Herodes oder am Kreuz sterben", stichelte der Teufel. So schnell wie er gekommen war, verschwand er.

Das Einhorn und Gabriel schauten sich, Zwiesprache haltend, gebannt an.

Ehrfürchtig verneigte sich der Engel. Er flüsterte in Jesus Ohr. „Gott spricht durch mich: Du bist der Gesalbte. Am dritten Tag nach deinem Kreuzestod wirst du auferstehen. Du wirst hinauffahren in den Himmel. Du wirst rechts neben dem Höchsten sitzen. Von dort wirst du richten die Lebenden und die Toten. Gott ist allmächtig." Der Bote Gottes weckte Josef auf und befahl: „Fliehe mit Maria und Jesus nach Ägypten. Kommt nicht eher zurück, als bis der Herr es euch sagt!" Den drei Magiern gebot er im Schlaf, Herodes zukünftig zu meiden.

Gesagt, getan.

So geschah es, dass Luzifer bereits in Bethlehem mehrfach besiegt wurde.

Anja Apostel, Diplom-Volkswirtin, M.A., Veröffentlichungen in verschiedenen Verlagen; Infos unter: www.anjaapostelwixsite.com.

Die Bedeutung der Geburt von Jesus

Fast niemand kann das Ausmaß begreifen, das uns durch Jesu Geburt zuteilwurde. Ohne ihn wäre der Zugang zum Himmelreich für niemanden möglich. Die Tatsache, dass Gott seinen einzigen Sohn opfern musste, um unsere Sünden zu tilgen, unterstreicht seine Bedeutung.

Jesus wurde Mensch, um uns Frieden zu bringen. Man könnte behaupten, er sei der wichtigste und einflussreichste Mensch, der je gelebt hat. Kein anderer hätte Gottes Werk in diesem Maße vollbringen können. Jesu Geburt leitete ein neues Kapitel in der Geschichte der Menschheit ein.

Es stimmt, dass Menschen selten bereit sind, ihr Leben für andere zu opfern, selbst wenn sie dadurch Leben retten könnten. Das Beispiel mit der Leber zeigt dies deutlich. Aber die Tat Jesu übertrifft alles. Es wird niemanden geben, der etwas Ähnliches tut oder getan hat.

Die Menschen werden sich nie darauf einigen, wer der bedeutendste Mensch aller Zeiten war. Viele haben Großes bewirkt, doch Jesus' Stellung ist einzigartig.

Seine Geburt war aus menschlicher Sicht stark gefährdet, denn Herodes hätte ihn getötet, hätte er die Chance dazu gehabt. Der Teufel versuchte wiederholt, Jesus in Versuchung zu führen, doch ohne Erfolg.

Mit Jesu Geburt wurde den Christen ein Weg in den Himmel eröffnet, der zuvor durch den Teufel vereitelt wurde, als er Eva im Paradies verführte.

Jeder Mensch wird als Sünder geboren und begeht im Laufe seines Lebens Taten, die Gott missfallen. Die Bibel sagt jedoch, dass Gott, wenn wir unsere Sünden bekennen, treu und gerecht ist und uns vergibt. Die Liebe Gottes zu den Menschen muss immens sein, wenn er bereit war, seinen Sohn für uns zu opfern.

Letztendlich möchte unser himmlischer Vater an unserem Leben teilhaben und uns auf den Weg führen, der uns zu ihm zurückführt, damit wir vereint werden können. Letztendlich wurden wir von seiner Hand erschaffen. Der Teufel strebt danach, uns davon abzuhalten, und versucht bei jeder Gelegenheit, uns in die Sünde zu treiben.

***Joshua Layer** ist 21 Jahre alt und wohnt in Winnenden bei Stuttgart. Sport fasziniert ihn, insbesondere Fußball und Basketball. Seinen Schreibstil würde er als intuitiv beschreiben. Er schreibe oft spontan und entwickelt die Details der Geschichte im Laufe des Schreibens. Als leidenschaftlicher Sportfan vertieft er sich in die Welt des Sports und lässt sich von Biografien sowie fesselnden Romanen und Thrillern inspirieren. Diese Begeisterung spiegelt sich in seinem intuitiven Schreibstil wider, bei dem er ohne einen festen Plan beginnt und die Details seiner Geschichten entfaltet. Mit einem bereits veröffentlichten Buch und einer Offenheit für neue Geschichten sucht er stets nach neuen Abenteuern und Herausforderungen in der Welt der Literatur.*

Liebeswunder in dunkler Nacht

Hoch erhaben am Firmament
strahlt ein gleißend heller Stern;
golden funkelnd, Funken sprühend,
einen Lichtschweif nach sich ziehend,
folgen ihm die Weisen gern,
die aus dem Morgenland entstammen,
zur Königssuche aufgemacht,
reisen sie an von weiter Fern',
nach Bethlehem, wie sie erkennen,
führt sie der Wunder-Weihnachtsstern.

Er führt sie bis zu einem Stall,
anders als sie es sich gedacht,
der armen und kläglichen Eindruck macht.
Dort steht er still, der helle Stern,
und scheint sein Licht auf das Geschehen;
es funkelt golden überall,
wunderbar erhaben schön!
In aller schlichter Einfachheit
ists die Liebe, die uns scheint
in dieser stillen Heiligen Nacht,
über der Gott Vater wacht.

In der Krippe liegt ein Kind,
es lächelt freundlich und so mild;
erhaben, königlich es scheint,
nicht von dieser Welt;
königlich und göttlich vereint,
in dieser kleinen Menschlichkeit,
in zerbrechlich Süßigkeit.

Den Weisen das sehr wohl gefällt,
so ein kleines Kindlein lieb!
Ach, wie's uns seine Liebe gibt,
sein Lächeln und Vertrauen!

Es öffnet uns sein Herz so weit,
auch seine Arme allezeit!
Wir dürfen ihm ins Antlitz schauen.
Die Weisen knien vor ihm nieder
und beten ihn in Liebe an.
Jesu Kindlein, voll Entzücken,
unsere Herzen sich entrücken
in Anbetung, doch himmelwärts.
Maria hold steht ihm zur Seite
und hält sein kleines Händlein zart;
Liebe strahlt aus ihren Augen;
auch Josef, mit dem langen Bart,
steht beschützend neben ihm;
die Weisen sind's, die vor ihm knien.
Hinter ihm lugen scheu hervor
der Ochse und das Pferd im Stall,
und spitzen ihre großen Ohren.

Ein Esel mit dem Eselkind,
das springt umher, kommen geschwind,
zur Krippe mit dem Jesu Kind.
Die Hirten mit den Schafen
pilgern auch zum leuchtend Stern;
der Engel rief sie zu ihrem Herren.
Frohe Kunde schallt es überall!
Jetzt wird gewacht und nicht geschlafen.
Der Heiland ist uns heut' geboren,
in dieser Hochheiligen Nacht,
die höchste Liebe ist uns gebracht!
Wir dürfen uns allezeit freuen!
Welch großes Geschenk!
Niemals müssen wir scheuen.
Gott ists, der unser mit aller Liebe gedenkt!

Bianca Maria D. Edel, *geboren in Bayern. Große Freude an Gedichten ab dem Kindergarten. Schreiben eigener Texte ab Kinder- und Jugendalter bis zum heutigen Tag.*

Lichtsprung

Es hatte seit Wochen nicht mehr geregnet, die Erde war so trocken, dass sie Risse bekam. Wenn er mit seiner Herde Stellen aufsuchte, wo noch spärlich Gras wuchs, wirbelte sie Staub auf. Auch in der Luft war wenig Feuchtigkeit, sodass es in den kalten Nächten kaum Tau absetzte. Wie konnte er seine Frau und das Neugeborene durchbringen?

Aus einem Kümmernis wurde ein nächstes, wie aus Staubwolken immer neuen Staubwolken wuchsen, wenn die Herde nach Gras suchte. Was wird aus ihren Eltern werden, die schon seit Tagen auf das Essen verzichteten, damit wenigstens sie durchkamen? Was mit einem Volk, das in einem Land lebte, das keine Nahrung mehr hergab?

Die Herde wurde auch in der Nacht nicht ruhig. Die Ziegen schauten ihn länger und ungeduldiger an, sie meckerten lauter als sonst. Ihr Meckern kam ihm manchmal vor wie ein spöttisches Lachen, das dem Kehlkopf entsprang. Auch die Düsternis seiner Frau war schwer zu ertragen. Sie hatte kaum noch Milch, um den Säugling zu ernähren.

Er holte seine Flöte aus dem Zelt, warf einen Blick auf seine erschöpfte Frau und das schlafende Kind, spürte die Bitternis in seinem Herzen und verließ beide wieder, um sich an einen Felsen zu setzen und zu spielen. Er ließ die Klänge mit seiner ganzen Trauer über den staubtrockenen Hügelrücken gleiten, und hätte die Luft weinen können, es hätte geregnet.

Da hörte er Aufruhr bei den Hirten in der Nähe.

Ein Engel sei erschienen, hieß es, in himmlischem Licht habe er erstrahlt und er sei begleitet gewesen von einer Heerschar von Engeln. Er habe die Geburt des Erlösers verkündet.

Der Hirte, er hieß Isaak, schaute auf zum Mond, dessen Licht auf die staubtrockene Erde schien. „Das soll das himmlische Licht sein?", fragte er sich.

„Ich weiß, wo der Erlöser geboren wurde", sagte Isaaks Freund, „komm, wir gehen hin."

Isaak verabschiedete sich von seiner Frau. „Nur für kurze Zeit", sagte er, „es heißt, der Erlöser sei geboren."

Isaak zog los mit einer Gruppe von Männern. Sie marschierten schnell, ihre Schritte klangen dumpf und schwer, als zögen sie in einen Krieg. Obwohl es kalt geworden war in der Nacht, biss Schweißgeruch in Isaaks Nase.

„Riecht so himmlische Begeisterung?", fragte er sich.

Sie fanden das Kind in der Krippe. Maria saß in stiller Dankbarkeit daneben. Sie knieten nieder.

„Warum kniete niemand vor meinem Kind nieder, als es geboren wurde?", dachte Isaak. „Warum entfernten sich alle vor den Schmerzensschreien meiner Frau während der Geburt?" Während seine Knie auf der staubigen Erde zu schmerzen begannen, hörte er die anderen Gebete murmeln. Segensformeln. Und er murmelte mit. Plötzlich fühlte er sich aufgehoben im Strom des Gemurmels und er entdeckte das Licht, das aus Jesus und Maria strahlte. Etwas hatte ihm die Augen geöffnet. Und was er sah, fühlte er auch in sich leuchten, in seinem Kind, in seiner Frau.

Isaak lebte von nun an als Mensch, der Gott nicht mehr fürchtete, sondern liebte. Das Licht, das er in seiner Frau und seinem Kind sah, sprang über zu den Geißen, dem Hirtenhund, den Grashalmen im Wind. Es sprang über zu seinem Mühsal, dem Mond und der Sonne, die jeden Morgen wieder aufging. Abends schaute er seinen Ziegen in die Augen. Ihre Pupillen glichen einem schmalen Schlitz für einen Brief ans Universum.

Er schrieb: *Ich danke dir, dass du uns am Leben erhältst.*

Da hörte er Tropfen fallen, erst hier, dann dort, immer schneller, immer mehr, es trommelte auf die Erde, prasselte auf sie nieder. Er ging in das Zelt zu Frau und Kind, umarmte sie und weinte vor Freude. Seine Tränen tropften auf sie nieder.

Seine Frau gebar noch zehn weitere Kinder. Als er alt war, seine Schmerzen ihm kaum noch viel mehr erlaubten, als vor dem Zelt zu sitzen, rannte sein achtjähriger Sohn auf ihn zu und sagte: „Komm, Vater, komm, auf dem Dorfplatz geschieht etwas Schlimmes."

Isaak erhob sich unter Schmerzen und folgte seinem Sohn. Auf dem Dorfplatz hatte sich eine Menschenmenge um eine Frau ver-

sammelt. Alle hielten einen Stein in den Händen. „Sie hat gesündigt!", riefen sie. „Sie hat die Ehe gebrochen, sie verdient den Tod!"
Da durchschritt ein junger Mann die Menschenmenge und trat neben die Frau. Sie weinte und zitterte am ganzen Körper. Er legte den Arm um ihre Schultern wie einen warmen Mantel und sagte zu den Menschen: „Wer noch nie einen Fehler begangen hat, der werfe den ersten Stein."
Eine Weile blieb es still. Dann fiel der erste Stein mit dumpfem Aufprall auf den Boden. Ein zweiter, dritter und viele folgten. Beschämt ging die Menschenmenge auseinander.
„So möchte ich auch einmal werden", sagte sein achtjähriger Sohn. Isaak lächelte und behielt alles in seinem Herzen wie damals Maria im Stall von Bethlehem.

Bernhard Brack, *Geschichtensammler und TrouvAmour. „Schräg fällt das Licht, Gedichte" (2015), „Liebe, Lust und lange Zeit, Gedichte" (2021), „Krieg, Krankheit und Vergebung, erzählte Geschichte" (2022).*

Sieben Kerzen

„Heute tann es hegnen, türme, oda snein, denn du tahls ha selba, wie da Sonnessein", krähte eine Kinderstimme. Sarah sang und strahlte dabei ihren Bruder Jesus an wie eine kleine Sonne. Sieben Kerzen erhellten den Raum. Sie steckten in einem mit bunten Schokolinsen verzierten Geburtstagskuchen, der nur an einer Seite ein wenig verbrannt war. Auch der Brandgeruch, der noch am gestrigen Abend durch die Küche gezogen war, hatte sich verzogen. Nur in den Gardinen hing noch ein rauchig, holziger Dunst. Kuchenbacken war einfach nicht Marias Stärke.

Der Kerzenschein spiegelte sich in den Augen der Familie, die sich zum Geburtstagsständchen am Tisch versammelt hatte.

„Alles Gute zum Geburtstag, lieber Jesus", gratulierte Maria ihrem Ältesten. Sie zog ihn in eine feste Umarmung. „Jetzt bist du schon sieben Jahre alt, mein Großer", flüsterte sie in sein Ohr und pustete einen Kuss auf seine Schläfe.

Die kleine Sarah drängte sich zwischen Maria und Jesus. „Glükswuns", lispelte sie und drückte ihrem Bruder einen klebrigen Kuss auf den Bauch. Dann patschte sie mit den Fingern auf die Schokoglasur des Kuchens.

Die Kerzen begannen zu wackeln, was ihr Vater Josef mit einem Fluch kommentierte: „Holy shit!" Kurzerhand brachte er seine Tochter mit einem Hechtsprung aus der Gefahrenzone.

„Darf ich jetzt die Kerzen auspusten?", fragte Jesus aufgeregt. Er wusste genau, dass er erst nach dem Auspusten der Kerzen die Päckchen auspacken durfte, die auf dem Tisch lagen. Die Form eines Paketes schien auf seinen größten Wunsch, den Tretroller, hinzudeuten. Wie spannend!

„Gessänke!", jubelte Sarah.

„Immer langsam, du kleiner Tornado", ermahnte Josef seine Tochter und entzog ihr vorsichtig das Päckchen, auf das sie sich gestürzt hatte. „Die Geschenke sind für Jesus. Es ist ja sein Geburtstag", erklärte er ihr. „Erst heute Abend kommt das Christkind. Dann bekommst du auch Geschenke."

Sarah stieß ein Wutgebrüll aus und stapfte zornig mit dem Fuß auf den Boden. Ihr Schrei weckte den kleinen David, der bisher im Stubenwagen geschlummert hatte. Er stimmte schluchzend in das Geheule ein.

„Ich wünsche mir einmal einen Feiertag ohne Tränen und Geschrei", seufzte Maria und hob David aus dem Bett. Josef zuckte mit den Schultern und warf einen resignierten Blick auf den schon wieder leicht gewölbten Bauch seiner Frau.

„In den nächsten Jahren wird daraus wohl nichts", scherzte er und zwinkerte ihr zu. Dann half er Jesus beim Auspusten der Kerzen, was bei der großen Anzahl schon ein schwieriges Unterfangen war.

Nach dem Frühstück spielten Sarah und David auf dem Fußboden. Sie wälzten sich in Fetzen von Papier und Schleifenband.

„Mama, erzählst du noch mal die Geschichte, wie ich geboren wurde?", bat Jesus in das Rascheln und Knistern seiner Geschwister.

Maria pustete in ihre Kaffeetasse und warf Josef einen auffordernden Blick zu. Der verstand den Wink und erhob sich, um das Frühstücksgeschirr abzuräumen.

Maria klopfte auf ihre Schenkel. Jesus folgte der Einladung und kletterte auf ihren Schoß. Mit sieben Jahren war er dafür noch nicht zu alt.

„Weißt du, Schatz, jede Geburt ist etwas ganz Besonderes. Aber deine Geburt …" Maria schüttelte den Kopf. „Die ist so richtig schiefgegangen."

„So richtig schiefgegangen!", echote Josef aus der Küche.

„Und rate mal, wer daran nicht ganz unschuldig war?" Maria drohte ihrem Mann mit dem Zeigefinger.

„Ich plädiere auf nicht-schuldig in allen Anklagepunkten", scherzte Josef.

„Ja, genau, hinterher will man es nie gewesen sein", gab Maria zurück und fuhr dann mit ihrer Erzählung fort. „In jenen Tagen hatten wir einen Termin beim Straßenverkehrsamt in Bethlehem. Nach einer Hacker-Attacke in der Verwaltung von Nazareth mussten wir nämlich in Bethlehem den SUV anmelden. Nur hatte Papa vorher vergessen, ein Zimmer in der Stadt zu buchen."

„Ich konnte ja nicht ahnen, dass an diesem Tag noch der Bethlehem-Marathon und ein Konzert der *Drei Tenöre* stattfanden", warf Josef ein und wischte einen Kakaofleck von der Tischplatte. „Bethlehem war sonst nie ausgebucht, wenn wir hinmussten. Nur an diesem Tag hatten wir Pech."

„Was habt ihr dann gemacht?" Jesus pickte einen Krümel auf und leckte ihn ab.

„Ich habe über Airbnb ein Zimmer gebucht. Mann, das war vielleicht eine Kaschemme", erinnerte sich Maria.

„Kaschämm, schämm ...", quietschte Sarah. Ob Geburtstags-, Weihnachts- oder Karnevalslied, mit ihren drei Jahren war sie Expertin in allen Arten von Stimmungsmusik.

„Und in der Kaschemme wurde ich dann geboren", wusste Jesus.

Schaudernd dachte Maria an all die Momente, die nicht für die Erzählung in Kinderohren bestimmt waren. Die Angst, die ihr den Atem aus der Lunge gestohlen hatte, die Schmerzen, die sie wünschen ließen, an einem weit entfernten Ort zu sein, die Erleichterung, als die Hebamme eintraf und mit festen und zugleich sanften Händen die Entbindung unterstützte.

Blut, Hitze, Schweiß und Tränen, die das trostlose Zimmer mit einem süßlich-schweren Dunst erfüllten. Feuchtigkeit, die an den Fensterscheiben hinablief.

Und dann die ersten Momente mit diesem Wesen, das ab jetzt ihr Kind sein sollte. Das sich so fremd anfühlte und mit dem ersten Schrei einen Berg an Verantwortung und Pflichten einforderte. Und dabei so gut roch wie ein Weihnachtsmarkt am 1. Dezember. Zum Anbeißen!

Und dieser Mann, der an ihrer Seite gekauert und geweint hatte, vor Angst, Hilflosigkeit und Freude.

Josef drückte Marias Hand und wischte dann den Tisch mit einem Trockentuch ab. „Ja, in der Kaschemme wurdest du geboren. Und damit fing der ganze Schlamassel erst an."

„Schlamassel?" Jesus wollte es genauer wissen.

„Ja, Schatz. Nach der Geburt hätte ich mich gerne ein wenig ausgeruht. Nur mit dir allein, Papa und vielleicht noch der Hebamme", erzählte Maria. „Aber dann kam der Besuch ..."

„Besucherscharen, Horden von Besuchern", ergänzte Josef.

„Die Hebamme wurde fuchsteufelswild und hat versucht, alle abzuwimmeln, aber es waren einfach zu viele", erinnerte sich Maria.

Unter dem Tisch begann David zu röcheln, worauf Maria ihrer Tochter die Paketschnur entwand, die diese um den Hals ihres kleinen Bruders geschlungen hatte.

„Mama war fürchterlich gestresst und konnte dich deswegen nicht stillen. Da habe ich die Polizei gerufen."

„Tatütata, tatütata …", quietschte es unterhalb des Tisches.

Jesus wurde ganz aufgeregt. Er wusste, dass die Erzählung gleich zu Ende war. „Und die Polizei hat dann alle weggeschickt?"

„Nein, das hat erst dein Patenonkel Gabriel geschafft. Er sagte allen, dass sie nichts zu fürchten hätten, wenn sie sofort abhauen würden. Ansonsten würde er ihnen mit seinen Anwaltskollegen die Hölle heißmachen."

Jesus nickte versonnen. Gabriel war einfach der Erzcoolste.

„Das einzig Gute an dem Aufruhr war, dass die *Drei Tenöre* von der Geschichte Wind bekommen hatten. Sie haben uns dann Wein, Konzerttickets und Autogrammkarten als Geschenke geschickt."

„Gessänke!", jubelte Sarah.

„Erst heute Abend …", lachten Josef, Maria und Jesus.

Anke Terrasi, geboren 1982, wohnt und arbeitet im Sauerland. Einige ihrer Kurzgeschichten wurden in verschiedenen Anthologien veröffentlicht. Besonders haben es ihr kleine, absurde Alltagssituationen angetan, die sie zu unterhaltsamen Geschichten verarbeitet.

Die Geburt des Retters

Nun, in Nazareth vor 2024 fängt unsere Geschichte an. Damals war eine Frau namens Maria verlobt mit Josef, einem Zimmermann.
Eines Tages stand plötzlich ein Engel vor Maria „Fürchte dich nicht! Ich bin der Engel Gabriel, der in Gottes Auftrag zu dir spricht. Du wirst einen Sohn bekommen. Den Namen Jesus sollst du ihm geben. Er wird viel Gutes tun in seinem Leben. Jesus wird Gottes Sohn sein. Wasser wird er verwandeln können zu Wein."
Auch Josef erschien der Engel des Herren. „…den Namen Jesus sollst du dem Kind geben, denn er wird die Menschen seines Volkes von ihren Sünden befreien in seinem Leben."
Eines Tages beschloss der Kaiser Roms, eine Volkszählung zu machen. Er wollte seine Steuereinkünfte genau bewachen. Dazu musste er wissen, wie viele Menschen in seinem riesigen Reich lebten. Jeder, der nicht in Nazareth geboren und zu Hause war, musste mit seiner Familie gehen. Da Josef nicht aus Nazareth war, mussten Maria und Josef sich auf die Reise nach Betlehem begeben.
Für Maria, die ihr Kind erwartete, war die Reise hart und schwer. Über sie wachte der Herr.
Bald waren Maria und Josef in Betlehem, das Problem war nur, es gab kein Zimmer mehr, nicht ein einziges war leer. So kam es, dass Maria Jesus in einem Stall in Betlehem gebar.
Es klingt vielleicht komisch – der Sohn des HERRN wurde in einem Stall geboren, doch es ist wahr.
Die Nacht war klar und ruhig und plötzlich hörten ein paar Hirten Engel singen. Sie wollten ihnen die frohe Nachricht überbringen.
„Geboren ist der Sohn der Herren, der Retter, heut'!"
Das erfreute die Hirten sehr. Erst dachten sie, alles wäre nur ein Traum, aber das glaubten sie kaum. Schließlich konnten sie die Engel deutlich verstehen. Also liefen sie los, um das Kind zu sehen.
Nachdem Jesus Geschichte in Betlehem in Judäa begann, kamen drei Gelehrte am Stall an. Sie wollten den König der Juden sehen

und erzählten Maria und Josef dann, dass das Kind nicht in Betlehem bleiben kann. Herodes, der damalige König, war hinter dem Kind her. So machte er der Familie das Leben sehr schwer. Deshalb flohen sie nach Ägypten dann und lebten dort fortan.

Loana *ist 13 Jahre alt und halb Brasilianerin. Sie schreibt gerne und möchte einmal Schauspielerin und (Drehbuch-)Autorin in Amerika werden.*

Thalita erlebt eine ungewöhnliche Nacht

„Thalita, wo bist du?"
Die Stimme meines Vaters klang laut durch unser kleines Wirtshaus. Ich war im Obergeschoss gerade damit beschäftigt, die Zimmer zu putzen und für die nächsten Gäste vorzubereiten.
„Hast du die Suppe fertig gekocht? Es fehlt an Brot! Du weißt, unsere Gäste zahlen gut, aber dafür müssen wir ihren hohen Ansprüchen genügen!"
Seit Beginn der Volkszählung kamen viele Leute in unsere kleine Stadt, deshalb fand Vater gar keine Ruhe mehr. Ich vermisste meine Mutter, die wir vor ein paar Jahren verloren hatten, als sie eine schwere Krankheit nicht überstand. Oft wünschte ich mir jemanden, der mich tröstete, wenn ich traurig war, so, wie es früher meine Mutter getan hatte.
Zum Glück hatte ich meine gute Freundin Sarah. Manchmal trafen wir uns in unserem Haus, manchmal in einem Stall in der Nähe, in dem Sarahs Familie ihre Schafe unterbrachte, wenn diese nicht draußen vor der Stadt weideten. Mit Sarah konnte ich über alles reden, wenn wir die Zeit dazu fanden. In den letzten Wochen kam das selten vor.
Ich rannte zu meinem Vater. „Die Zimmer im Obergeschoss sind bereit für die neuen Gäste. Die Suppe muss ich nur noch mit Kräutern würzen und das Brot backe ich gleich", rief ich.
„Danke, mein Mädchen", seufzte Vater. „Was würde ich nur ohne dich tun?" Dann hetzte er weiter. Auch heute würden neue Gäste in unsere Herberge kommen, die sich hier in Bethlehem in die Listen der römischen Regierung eintragen mussten und eine Unterkunft brauchten.
„Thalita, wo bist du?"
Das war Sarahs Stimme. Ich rannte zum Tor. „Hallo, Sarah, ich habe keine Zeit, ich muss mich um das Essen kümmern. Bestimmt wird unser Gasthof heute wieder voll", erzählte ich eilig.

Sarah nickte. „Ich habe auch nicht viel Zeit", entgegnete sie schnell. „Heute soll ich zum ersten Mal mit zur Herde gehen und beim Hüten der Schafe helfen. Hoffentlich geht alles gut! Was, wenn ein wildes Tier kommt? Wird sich auch keines der Schafe verlaufen? Wenn doch jemand käme, der mir Mut gibt!"
Ich umarmte Sarah. „Du schaffst das! Du kannst gut mit Tieren umgehen. Und du bist nicht allein bei der Herde."

Während Sarah davoneilte, sah ich in der Ferne fremde Menschen kommen. Einige gut gekleidete Herren strebten auf unser Wirtshaus zu und wurden von Vater freundlich begrüßt.

Weit hinter ihnen entdeckte ich ein Ehepaar. Die beiden kamen nur langsam voran. Der jungen Frau war anzusehen, dass sie bald ein Baby bekommen würde, und dunkle Ringe unter ihren Augen verrieten, wie erschöpft sie war. Trotzdem schaute sie mich freundlich an.

Ich eilte zurück in die Küche. Um das Essen musste ich mich kümmern, auch wenn ich schon müde war. „Ach, wenn doch einer käme, der mir Kraft gibt!", flüsterte ich leise.

Bald erschienen die Männer, die ich vorhin gesehen hatte, und nahmen Platz. Jetzt aber schnell! Ich durfte unsere neuen Gäste nicht warten lassen.

Von draußen drangen Stimmen herein. „Bitte, nur eine winzige Kammer! Wir haben schon überall gefragt! Meine Frau ist müde, sie kann nicht mehr", flehte der Fremde.

„Tut mir leid. Alles voll. Nicht der kleinste Raum ist mehr frei", stieß Vater hastig hervor, bevor er in die Gaststube eilte und den Männer dort mit freundlichen Worten einen guten Aufenthalt wünschte.

Brot und Suppe waren mir gut gelungen, es duftete lecker in unserer Küche. Während ich das Essen zu unseren Gästen brachte, hatte ich einen Einfall und konnte es kaum erwarten, mit meiner Arbeit fertig zu werden.

Etwas später trat ich auf die Straße. Ich wickelte mein warmes Tuch fester um mich, um mich vor dem kühlen Abendwind zu schützen, und schaute mich um. Ob ich das Paar wiederfinden würde? Ich sah die beiden in einiger Entfernung auf der Straße. In keinem der Wirtshäuser hatten sie eine Unterkunft gefunden.

„Wo sollen wir nur bleiben, Joseph? Ich glaube, das Kind kommt bald", flüsterte die Frau. „Ach, wenn nur jemand käme, der uns hilft!"

„Eine gemütliche Kammer kann ich euch nicht anbieten, aber ich weiß, wo ihr wenigstens ein Dach über dem Kopf finden könnt", erklärte ich, während wir durch Bethlehems Straßen hin zu dem kleinen Stall liefen, in dem ich mich so oft mit Sarah traf. Ein paar weiche Decken hatte ich mitgebracht, um es der jungen Frau etwas bequemer zu machen. Sogar ein paar alte Windeln hatte ich gefunden. Die würden sicher bald gebraucht werden.

Dann rannte ich nach Hause. Ich musste noch die Küche aufräumen. Auch der nächste Tag würde wieder viel Arbeit bringen.

Als ich daheim ankam, hatten sich die Gäste schon in ihre Kammern zurückgezogen. Vater saß in der Gaststube und zählte die Einnahmen des Tages. „Ach, mein Mädchen", murmelte er, „wir haben so viel Geld bekommen. Endlich kann ich unsere Schulden bezahlen. Warum habe ich trotzdem so eine Unruhe im Herzen? Ach, wenn doch einer käme, der mir Frieden gibt!"

Auch ich war unruhig. Wie würde es den Leuten im Stall gehen? Müde ging ich ins Bett. Trotz meiner wirbelnden Gedanken fielen mir bald die Augen zu und ich begann tief und fest zu schlafen.

Mitten in der Nacht wurde ich wach. Durch das Fenster sah ich einen hellen Schein in der Ferne. Wie seltsam! Was mochte das nur sein? Sarah war mit den Schafen dort in der Nähe. Vielleicht konnte sie mir später erzählen, was für ein Leuchten das war. „Hoffentlich ist nichts Schlimmes passiert", überlegte ich. Es dauerte eine Weile, bis ich wieder einschlief.

Einige Zeit später wachte ich erneut auf, weil jemand laut an unsere Pforte klopfte. Rasch schlüpfte ich in mein Kleid.

Vater hatte schon das Tor geöffnet. Wieso stand Sarah da draußen? Und die anderen Hirten auch? Sie sahen so glücklich aus!

„Stellt euch vor", sprudelte es aus Sarah heraus, „wir haben den Retter gesehen! Den Erlöser! Den versprochenen Messias, auf den die Menschen schon so lange warten! Wir lagen bei unseren Schafen, als uns ein helles Licht aus dem Halbschlaf weckte. Wir waren so erschrocken! Ein Engel stand vor uns, der leuchtete hell und war prächtig anzusehen. Das Erste, was er uns sagte, war, dass wir uns nicht fürchten sollen. Und dann sagte er, dass wir in Bethlehem den Retter der Welt finden."

„Den Retter der Welt habe ich mir immer ganz anders vorgestellt", brummte ein alter Hirte. „Niemals wäre ich auf die Idee gekommen, dass er als ein Baby, das in Windeln gewickelt ist, auf die Welt kommt. Aber der Engel hat es gesagt! Später kamen ganz viele Engel und begannen zu singen. So etwas Schönes habe ich noch nie vorher gehört!"

„Wir gingen also nach Bethlehem, um das Kind zu sehen." Sarah deutete mit ihrer Hand in Richtung des Stalles, in dem ich das Paar untergebracht hatte. „Sein Name ist Jesus und er lag in einer Krippe, so wie es der Engel gesagt hat. Dort im Stall haben wir ihn gefunden!"

„Wirklich, so habe ich mir den Messias nicht vorgestellt", murmelte der alte Hirte. „Aber als wir dann an der Krippe standen, merkte ich, dass der Engel recht hat und dass dieses Kind etwas ganz Besonderes ist. Jemand, der uns Menschen Mut gibt und Kraft und Hoffnung und Friede. Jemand, der bei uns ist, wenn wir traurig sind oder ängstlich oder fröhlich. Jemand, der uns hilft und der uns zeigt, wie wir füreinander da sein können."

Staunend hörten wir zu. Und dann mochte ich nicht länger warten. Dieses Kind wollte ich kennenlernen, wollte es mit eigenen Augen betrachten. Wenn er der Retter der ganzen Welt war, dann war er auch für mich zur Welt gekommen.

Ich rannte los, um selbst das Kind in der Krippe zu sehen.

Tabea Genschorek *ist verheiratet und hat vier erwachsene Kinder. Geboren ist sie im Erzgebirge. Jetzt lebt sie in einer vogtländischen Kleinstadt und liebt es, sich Geschichten auszudenken, mit ihren Enkelkindern zusammen zu sein und sich in der Natur aufzuhalten.*

Dieb

Nervös spielte Zim mit dem Beutel an seinem Gürtel. Wieder hatte er es geschafft, einige Besucher der Gaststätte kurz vor ihrer Abreise zu bestehlen. Es war stets dasselbe. Die Reisenden waren in Gedanken schon auf dem Weg und achteten nicht auf den Stalljungen. So war es für Zim leicht, in ihre Taschen zu greifen, während er die Reittiere sattelte.

Der Wirt hatte ihm erklärt, welche Dinge er stehlen sollte. „Nimm alles, was wir gut eintauschen oder verkaufen können."

Einmal hatte der schmächtige Junge seinen Lehrer gefragt, ob stehlen richtig sei. Mit drohendem Zeigefinger hatte sich der schmierige Mann zu ihm gebeugt. „Ich bin der Einzige, der dir ein zu Hause geben wollte. Wenn du noch einmal so undankbar bist, werf ich dich raus!" Wütend war Zim aus dem Gasthaus gestürmt. Doch die Überlegung, wegzulaufen, hatte er schnell wieder aufgegeben. Der Wirt hatte ihn in einer schmutzigen Gasse aufgelesen, ihn vor den Schlägen der größeren Jungs gerettet. Dorthin zurück wollte Zim auf keinen Fall.

Drei Jahre waren seither vergangen. Die körperliche Schwäche war durch die Arbeit im Stall verschwunden. Doch das schlechte Gewissen war Zim geblieben. Auch heute, während er auf den Wirt wartete, überlegte der Zwölfjährige. Gab es irgendeinen Ausweg für ihn? Unruhig strich er sich eine blonde Haarsträhne aus dem Gesicht.

„Hast du vergessen, was der Weise zu dir sagte?"

Der Junge schaute sich erschrocken um. Er entdeckte in dem Flur niemanden, dem er die krächzende Stimme zuordnen konnte.

„Herrje, warum glaubt ihr Menschen immer, ihr müsstet mich mit den Augen suchen?" Ein Vogel ließ sich auf dem Fensterbrett direkt neben Zim nieder. „Ist es so besser für dich?"

Der Junge starrte das schwarz-weiße Tier an. „Es heißt doch diebische Elster, nicht sprechende", flüsterte er.

Der Vogel legte den Kopf schräg. „Es heißt auch Stalljunge, nicht

Dieb. Wir können wohl beide Dinge, die andere nicht von uns glauben." Die Ohren von Zim liefen knallrot an. „Genug davon", krächzte der Vogel. „Versuch lieber, dich zu erinnern. Was hat der Weise zu dir gesagt?"

„Er sagte, ich sei sehr begabt im Umgang mit Tieren – auch mit solchen, die ich nicht kenne", nuschelte Zim.

Die Weisen waren als Gruppe angereist und Zim hatte sich um die Tiere von dreien von ihnen kümmern dürfen. Die Versorgung des Pferdes war leicht gewesen. Doch die Tiere, die sie als Kamel und Elefant bezeichnet hatten, hatte der Stalljunge noch nie zuvor gesehen. Geduldig hatten die drei Weisen ihm erklärt, was zu tun war. Und es war ihm gut gelungen, die Tiere hatten sich schließlich von ihm streicheln lassen.

„Was hat er noch gesagt?", fragte die Elster weiter.

Zim blickte zu Boden. „Dass sie einen Stalljungen wie mich gut auf ihren Reisen gebrauchen könnten."

„Wieso bist du nicht mitgegangen?"

„Das hat der Weise doch nur so gesagt ..."

„Sag' die Wahrheit", unterbrach der Vogel.

Zim schluckte. „Ich hatte die drei bereits bestohlen und hab' mich geschämt", lautete die Antwort.

Der Vogel schlug mit seinen Flügeln. „Weißt du, wohin sie wollten?"

Zim nickte. Ein Stern hatte die Weisen nach Bethlehem geführt, sie suchten ein neugeborenes Kind.

„Worauf wartest du noch? Lauf ihnen nach, sag' ihnen, was du getan hast. Gib' ihnen die Beute zurück und vielleicht bekommst du eine zweite Chance", krächzte die Elster.

Zim schaute den Vogel zweifelnd an. Einige Gäste hatten gesagt, die drei Weisen seien Könige aus fernen Ländern. Und er hatte von den Strafen gehört, die Könige für Diebe aussprachen.

„Ein König, der mit einem Stalljungen spricht, wird ein offenes Ohr haben."

Zim riss die Augen auf. Das Tier hatte seine Gedanken gehört!

„Eine bessere Möglichkeit wirst du nicht bekommen", sprach der Vogel und flog davon.

„Warte!", rief Zim und lief aus dem Gasthaus hinaus. Am Himmel zeigte sich schon der Stern, dem die drei Weisen gefolgt waren. Die

Elster flog genau in die Richtung. Zim lief hinterher. Er hatte sich entschieden. Und auch wenn er Sorge vor der Reaktion der Weisen hatte, fühlte er sich mit einem Male frei.

Kurz bevor er die Stadtgrenze erreichte, hörte Zim einen lauten Schrei. Auf einem Haus in der nächsten Gasse standen zwei Frauen. „Ihr bösen Geister, verschwindet endlich aus meinem Kopf!", schrie die Frau, die nah am Rand des Daches stand.

Zim ging um die Ecke. Vor dem Gebäude hatten sich einige Menschen versammelt. Der Junge hatte schon von dem Haus gehört. „Es heißt, dort leben nur Verrückte, denen man nicht mehr helfen kann", murmelte er.

Die Elster setzte sich auf seine Schulter. „Es heißt auch, wer einmal stiehlt, sei für immer ein Dieb."

Zim atmete tief ein. Gut. Die Botschaft war angekommen. Der Vogel erhob sich und der Junge lief die Straße hinunter.

„Helft mir bitte!", rief er den anderen zu, die immer noch regungslos zum Dach hinaufstarrten. Es dauerte einen Moment, doch dann kam Bewegung in die Leute. Gemeinsam holten sie ein großes Leinentuch und stellten sich damit unter der Dachkante.

Schon einen Augenblick später landete die Frau in dem Stoff. Sie war gestolpert und gefallen, aber dank des Tuches waren ihr ein Aufprall auf dem sandigen Boden erspart geblieben. Während Zim zitternd zurückblieb, trugen die anderen die bewusstlose Frau ins Haus.

„Das hast du gut gemacht", sagte eine freundliche Stimme. Zim drehte sich um und blickte in das Gesicht des dunkelhäutigen Weisen.

„Und anscheinend mögen dich wirklich viele Tiere." Erst jetzt bemerkte Zim, dass die Elster wieder auf seiner Schulter saß.

„Weißt du denn auch, wie intelligent der Vogel eigentlich ist?", fragte der Mann und strich dem Tier vorsichtig über die Federn.

Zim schüttelte den Kopf. Der Mann lächelte und wandte sich ab, um zu gehen. Die Elster stupste den Jungen mit dem Schnabel.

„Ist der neugeborene Junge hier?", fragte Zim, um den Weisen aufzuhalten.

„Nein. Wir trafen hier zufällig auf einen alten Freund", antwortete er. „Er hat dieses Haus gebaut, um kranken Menschen zu helfen. Wir wollten ihn mit einigen Gaben unterstützen. Leider sind die Beutel mit Weihrauch, Myrrhe und Gold fast leer. Wir wissen nicht, wie das passieren konnte. Aber weil wir dem neugeborenen König auch noch Geschenke machen wollen ..."

„Ich hab euch bestohlen", unterbrach Zim. Er löste den Beutel von seinem Gürtel, gab ihn dem Weisen. „Es tut mir leid."

Der Mann schaute den Jungen nachdenklich an. „Warum hast du das getan?"

Zim schluckte schwer und erzählte die Wahrheit. Als er geendet hatte, schwieg der Weise. „Wollt ihr mich nicht bestrafen?", fragte Zim zögerlich.

Der Weise schüttelte den Kopf. „Ich denke, wer so ein schlechtes Gewissen hat, dass er dieses in einem sprechenden Vogel wiederfindet, hat genug gelernt, um es zukünftig besser zu wissen." Er räusperte sich. „Ich wünsche dir einen Ausweg ..."

„Habt ihr es ernst gemeint, dass ihr mich brauchen könntet?", unterbrach Zim mit hoher Stimme.

Der Weise nickte langsam.

„Lasst mich euch begleiten", bat Zim. „Ich werde meine Schuld bei euch abarbeiten."

Der Weise dachte nach. „Ja", sagte er schließlich. „Du kannst gern mit uns reisen. Aber nicht, um deine Schuld zu begleichen. Dies ist mit deiner guten Tat und dem Gestehen der Wahrheit geschehen. In dir steckt ein guter Kern und du hast eine zweite Chance verdient. Ich möchte dir auch nicht verbieten, je wieder einen Fehler zu machen. Versprich' mir nur, dass du von nun an ehrlich bleiben wirst."

Der Weise streckte die Hand aus. Zim ergriff sie. Ihre Abmachung war besiegelt.

„Lass' uns gehen", sagte der Weise lächelnd.

Und während die beiden in das Haus gingen, flog die Elster lächelnd davon.

Der Spaß daran, Geschichten zu schreiben, begleitet **Franziska Felix** *(37) schon seit der Grundschule. Ihr Leben in der echten Welt verbringt sie in einer Stadt mit einem bekannten Fußballstadion in NRW. Mit Musik in den Ohren und Füller oder digitalem Stift in der Hand begibt sie sich in ihrer Freizeit immer wieder auf den Weg zu anderen fantastischen Orten, um von den Abenteuern von dort zu erzählen.*

Ochs und Esel

Wir leuchten nicht am Firmament,
doch wir stehen im Neuen Testament.

Wir waren einst die fade Staffage
vom Jesuskind und seiner Bagage.

Wir mussten im Hintergrund bleiben,
als tierische Kulisse, echt zum Speiben –

während vor uns ein Wunder geschah,
die Geburt des Heilands, das wisst ihr ja.

Was soll man über uns noch sagen?
Nichts. Wir werden's mit Würde ertragen.

Bernd Watzka *lebt und arbeitet in Wien als Lyriker, Dramatiker und Kulturjournalist. Studium Germanistik und Publizistik. Zahlreiche Stipendien und Förderungen.*

Ein Geschenk aus Lammfell

In jener Nacht, als der Himmel einem Meer aus Sternen glich, wurde ich von einem Gefühl der Unruhe gepackt. Eng aneinandergekuschelt, um in der kühlen Dunkelheit Wärme zu finden, lag meine Herde im hohen Gras. Tagelang hatten die Hirten uns über die Hügellandschaft geführt und in der Dämmerung ihr Lager kurz vor Betlehem aufgeschlagen. Nun saßen die fünf Männer ebenso dicht zusammengedrängt an einem Lagerfeuer und ihr Gemurmel wurde zu mir herübergetragen. Meine Geschwister und meine Mutter schliefen bereits und auch mich beschlich das Gefühl, dass ich besser die Augen schließen sollte, um vor dem nächsten anstrengenden Tag gewappnet zu sein, doch ich kam einfach nicht zur Ruhe.

Eine knisternde Spannung lag in der Luft, als am Horizont ein heller Stern auftauchte – heller als all die anderen in diesem Sternenmeer. Ich blinzelte, war mir nicht sicher, ob ich mir dies nur eingebildet hatte. Doch da – schon wieder. Langsam und mit zittrigen Beinchen stand ich auf und schnupperte die Magie. Ein Wesen, so strahlend hell, dass ich für einen Moment die Augen zusammenkneifen musste, schwebte über unseren Hirten und deutete auf die Lichter in der Ferne, die die einzigen Zeugen dafür waren, dass dort die kleine Stadt Betlehem lag. Die Hirten erstarrten angesichts dieses Engels, der ihnen erschienen war und nun mit sanfter Stimme zu ihnen sprach: „Der Messias ist geboren!"

Sofort sprang einer von ihnen auf und faltete seine Hände, während die übrigen vier nickten. Dabei entdeckten sie meine kleine, weiße Gestalt im hohen Gras und winkten mich hinüber.

„Komm, mein liebes Lämmchen", rief ein älterer Mann und tätschelte mir sanft den weichen Kopf, als ich mich neben ihn stellte. „Heute ist das Lamm Gottes geboren und wir werden Zeugen seiner unbeschreiblichen Liebe werden. Wecke deine Herde und lasse uns zusammen zum Stall ziehen, in der der Messias geboren wurde."

Aufgeregt huschte ich durch das Gras und tat, wie mir geheißen.

„Was ist denn passiert?", nuschelte meine Mutter schlaftrunken. „Wir müssen dem Engel folgen, denn dort werden wir ein ganz besonderes Menschenbaby finden, das die Welt unserer Hirten und unserer Herde für immer verändern wird!"

„Aber es ist doch mitten in der Nacht …", setzte einer meiner Brüder an und gähnte.

„Wunder werden immer nachts geboren", philosophierte mein anderer Bruder, während er sein Fell ausschüttelte. „Wir kamen auch unter einem solchen Sternenhimmel zur Welt."

„Ja, meine Schätze. Ihr seid auch meine kleinen Wunder, aber dieses Baby scheint besonders für die Menschen zu sein, wenn sie nun ihr Lager abbrechen, um es sofort auf dieser Welt zu begrüßen", erwiderte meine Mutter mit einem Mal hellwach und aufmerksam.

Gemeinsam mit unseren anderen Herdenmitgliedern versammelten wir uns rasch und ließen uns von unseren Hirten am Boden und der himmlischen Erscheinung am Himmel durch die Hügellandschaft in Richtung der brennenden Lichter der Stadt leiten.

In einem Stall am Rande Bethlehems fanden wir schließlich ein müdes, aber glückliches Pärchen und ihr Neugeborenes, das in einer kleinen Krippe gebettet war. Voller Neugier zwängten meine Geschwister und ich uns an den anderen Schafen und unseren Hirten vorbei in den hölzernen Unterstand und betrachteten das kleine Kind, welches mit geschlossenen Lidern so friedlich im Heu ruhte.

„Es ist ja fast nackt", bemerkte mein Bruder links von mir und zog eine seiner buschigen Augenbrauen hoch.

„Ja, in dem dünnen Tuch muss es doch frieren", stimmte meine Schwester mit ein und die übrigen Geschwister nickten.

„So ein armes Baby!"

„Und das soll das *Lamm Gottes* sein? So ganz ohne warmes Winterfell?"

Eine meiner Schwestern kicherte, doch die übrigen von uns schauten mitfühlend auf das zarte Baby in der Krippe und seine Eltern, die versuchten, es mit Stroh, Heu und einem Tuch gegen die Kälte der Nacht zu schützen. Einer unserer Hirten reichte dem Vater etwas zu essen, obwohl sie selbst wenig Reiseproviant hatten.

„Seltsam, dass Menschenkinder so ganz ohne wärmende Wolle auf die Welt kommen!"

„Dabei sind sie am Anfang doch vollkommen schutzlos – auch wenn sie später der Messias sein sollen!"

„Seht euch doch die Eltern an. Sie haben ja selbst kaum Mäntel oder Decken, weil sie so schnell aufgebrochen sind."

Nachdenklich neigte ich den Kopf und blendete das aufgeregte Plappern meiner Schwestern und Brüder aus. Es musste doch etwas geben, um diesem Menschenkind in dieser Nacht Wärme zu spenden und es auf dieser Welt willkommen zu heißen! Könnte ich doch nur ein bisschen meiner Lammwolle für das süße Wunder vor mir hergeben ... Natürlich! Ich konnte doch eine Seite meines Körpers scheren lassen!

„Das ist nicht dein Ernst. Dann wirst du selbst frieren!", warf mein Bruder skeptisch ein und starrte mich erstaunt an.

„Ja, das ist ein großes Opfer für jemand Fremden."

„Genau, es wird Monate dauern, bis das Fell nachgewachsen ist ..."

„Ich weiß und ich möchte es dennoch gerne tun." Vorsichtig stieß ich einen der Hirten an und deutete mit dem Kopf zuerst auf meine rechte Seite, dann auf das Baby in der Krippe. Überrascht zog er die Augenbraue hoch. Schließlich nickte er, als er verstand, worauf ich hinauswollte.

Und so geschah es, dass ich als kleines Lämmchen in dieser Sternennacht die Hälfte meines Fells an ein kleines Menschenbaby verschenkte, damit es in seinen ersten Lebensstunden so viel Wärme, Frieden und Nächstenliebe erfuhr, wie es später in seinem Leben geben würde.

Sarah Schmitz, *geboren 1992 in Düren, hat bereits zahlreiche Kurzgeschichten und ein Fitness-Rollenspielabenteuer veröffentlicht. Sie lebt mit ihrem Mann und ihrem kleinen Sohn in Grevenbroich.*

Die kleine Maus und das Christkind

Die Maus war aufgewacht
und starrte in den Himmel.
Über ihr die Sterne,
ein herrliches Gewimmel!

Irgendwas war anders,
sie spürte es genau.
Die Nacht verfärbte sich,
ein wunderschönes Blau!

Ein ganz besondrer Stern
leuchtete klar und hell.
Sie huschte in den Stall
ganz leise und ganz schnell.

Ein Kind war hier geboren,
es lag auf weichem Stroh.
Das Mäuseherzchen klopfte.
Ach, was war sie froh!

Dörte Müller, *geboren 1067, schreibt und illustriert Bücher für Kinder. Oft spielen Mäuse in ihren Geschichten eine besondere Rolle.*

Unverstanden

Wir sind jetzt hier – in einer kleinen Höhle einer großen Felswand am Rande eines riesengroßen Feldes. Einige Kilometer von meiner eigentlichen Heimatstadt Nazareth entfernt, wo meine Eltern normalerweise leben. Aber weil meine Eltern plötzlich, warum auch immer, mit mir wie auf Wanderschaft umherziehen mussten, sind sie jetzt hier mit mir gelandet und gestrandet – knapp vor Bethlehem, einer Stadt kurz vor den Toren Jerusalems. In einer kleinen, recht kühlen Felsenhöhle beziehungsweise Grotte, die da draußen abseits des bewohnten Gebiets von Bethlehem als Stall für Weidetiere – insbesondere anscheinend für Schafe – genutzt wird, haben wir eine Notunterkunft gefunden.

Das war so übrigens alles überhaupt nicht geplant! Aber wir hatten ja keine andere Chance … Wir sind hier wirklich nur notdürftig untergebracht. Wie erbärmlich! Als Menschen in einem kleinen, ziemlich stinkigen Tierstall leben zu müssen. Und dafür sogar noch froh und dankbar sein zu müssen … Aber immerhin ist der Tierstall besser als nichts, besser als gar kein Obdach zu haben. Schließlich sind meine Eltern sowie ihre Begleittiere, ein Esel und ein Ochse, sehr erschöpft von der ziemlich weiten Fußreise und brauchen jetzt einfach mal einen Ruheort – insbesondere auch wegen meiner so gar nicht geplanten Geburt …

So erblicke ausgerechnet ich als Menschensohn in einem Tierstall das Licht der Welt! Als wenn es keine schönere Geburtsstätte gäbe. Für außenstehende Betrachter ist das vielleicht eine sehr schöne, traumhafte, romantische Geburtsstätte – nicht jedoch für mich. Diese Geburtsstätte ist für mich eher traumatisierend, gar nicht so schön. Denn dieser Tierstall beziehungsweise diese nur mit schwachem Laternenlicht einer alten Petroleumlampe beleuchtete uralte Grotte mutet ziemlich gespenstisch an. Aufgrund ihrer Beschaffenheit aus Stein, der damit verbundenen relativ unangenehmen Dunkelheit und Kälte drinnen und auch aufgrund ihres etwas muffigen

Geruchs mutet sie eher wie eine Grabeshöhle an. Aber es ist meine Geburtsstätte … Durch den offenen Höhleneingang kann ich wenigstens nach draußen blicken. Draußen ist es extrem hell. Ich sehe ein riesengroßes Feld und ganz viele, mir fremde Schafe – Schafe, die anscheinend in dieser Felsenhöhle hier ein Zuhause gefunden haben und sie als ihren Stall ansehen. Oh Gott! Wenn die alle reinkommen … Oh, mein Gott … Aber jedenfalls wohnen beziehungsweise gastieren wir, meine Eltern und ich, jetzt erst mal hier vorübergehend in diesem Stall.

Und nun zu mir: Da liege ich, der kleine, neugeborene Knabe namens Jesus, in irgendeinem Stall in Bethlehem in einer Krippe – in einem Futtertrog, der eigentlich für Tiere gedacht ist. Ganz armselig liege ich da: nahezu nackt, quasi wie ein Leichnam, nur mit einem dünnen, weißfarbenen Leinentüchlein umwickelt, in einer mit reichlich Stroh gefüllten Krippe.

Als Menschensohn liege ich in einem kleinen Futtertrog für Tiere in einem Tierstall! Oh …, mein Gott! Es wird mich doch jetzt hoffentlich niemand irgendwelchen Tieren zum Fraß vorwerfen und an sie verfüttern? Ich sehe bereits die sehr großen Tiere meiner Eltern am Höhleneingang dastehen: den Esel und den Ochsen! Sie scheinen von der langen, anstrengenden Wanderschaft ziemlich erschöpft zu sein und legen sich in der Nähe des Höhleneingangs gemütlich auf den Boden. Auch scheinen sie sehr großen Hunger zu haben. Sie futtern recht geräuschstark, schmatzen sehr laut und fressen regelrecht ausgiebig – nur einige Meter entfernt von mir draußen am Höhleneingang – reichlich Stroh, das direkt unten auf dem Boden vor ihren großen Mäulern liegt und ihnen wohl sehr schmackhaft anmutet. Vor diesen großen Tieren habe ich mächtig Angst – und das, obwohl es nur die Tiere meiner Eltern sind. Denn in meiner Krippe liegt auch Stroh. Genau solches Stroh, das die beiden großen Tiere meiner Eltern da fressen. Aber mich hält das Stroh glücklicherweise warm. Doch es juckt sehr, pikt und piesackt mich immer mehr …

Dennoch bin ich auf das Stroh angewiesen. Denn es ist eine sehr kalte Nacht heute. Aber die Nacht ist kurioserweise äußerst hell. Denn da draußen über dem Stall beziehungsweise über der Felsenhöhle leuchtet ein riesengroßer, sehr heller Stern. Er erleuchtet die ganze Nacht und macht sie fast zum Tage. Eine ganz komische Situation. Durch das offene Loch der Höhle dieses etwas stinkigen Stalls beobachte ich dann draußen sogar noch etwas ganz Kurioses. Über dem hell erleuchteten Feld da draußen fliegt doch eine merkwürdige Gestalt langsam und wie mit Bedacht hin und her – eine äußerst seltsame Gestalt mit sehr großen Flügeln – wie ein ganz großer Vogel oder so etwas wie ein Engel. Diese äußerst mysteriöse Gestalt unterhält sich sogar noch von oben vom Himmel herab mit den Schafhirten da unten auf dem großen Feld. Dabei macht diese himmlische Gestalt auch noch immer wieder irgendwelche Andeutungen in unsere Richtung und auf unsere Felsenhöhle hin, in der wir durch puren Zufall ein Obdach gefunden haben. Es scheint, als verrate der Engel den Leuten das Geheimnis um meine wundersame Geburt hier. Verraten werde ich wohl aller Welt. Aber keine Ahnung, warum und was das alles zu bedeuten hat. Irgendwie alles ziemlich sonderbar und angsteinflößend alles hier …

Ich jedenfalls will nicht mehr hier liegen! Nicht mehr in dieser Krippe in diesem widerlich anmutenden Stall. Mir ist hier einfach alles zuwider. Ich will nur noch weg von hier! Am besten in Mama Marias liebevolle Arme, an ihre wunderbare Mutterbrust, an ihr rechtschaffenes Mutterherz. Einfach nur meine blutjunge Mama Maria und ich! Ungestört und von ihr geborgen in einem normalen Raum mit ihr zusammensein, nur sie und ich. Vielleicht auch noch mein alter, bereits in die Jahre gekommener Papa Joseph mit dabei. Denn hier im Stall in der Krippe fühle ich mich gar nicht so wohl. Die großen Tiere nämlich schauen mit ihren großen Augen ständig zu mir rüber und kauen dabei sehr genussvoll ihr Stroh … Es sind zwar nur die Tiere meiner Eltern, aber dennoch ist mir ungeheuerlich zumute. Denn sie sind ziemlich groß, haben so entsetzlich große Mäuler und sind ständig am Kauen … Und sie kauen die ganze Zeit immer dasselbe Stroh, das auch in meinem Bettchen liegt.

Und dann sind da auch noch mehrere, mir fremde Schafe. Die kauen auch so Stroh. Und kommen immer wieder zu mir an die Krippe. Und dann liege ich noch in einer – anscheinend gar ihrer – Futterkrippe! Das behagt mir aber gar nicht. Die Schafe jedenfalls schnuppern zunächst ausgiebig an mir und stupsen mich anschließend kurz sanft mit ihren feuchten Näschen an. Eines der Schafe schleckt mich auch noch kurz mit seiner nassen Zunge ab, es leckt einfach mein Gesicht ab. Igittigitt! Pfui! Voll ekelhaft, diese Schafe! Ein anderes Schaf klaut einfach ein ganzes Büschel Strohhalme aus meinem mich wärmen sollenden Bettchen. Total unverschämt dieses Schaf! Doch dann hauen die Schafe wieder ab und laufen wie wild im widerlich stinkenden Stall herum. Auf einmal kommen aber noch ein paar weitere Schafe von draußen hinzu. Sie fangen alle an zu blöken, laufen gemeinsam nochmals ein paar Runden durch den Stall und dann – glücklicherweise – endlich wieder raus aufs offene Feld zu den vielen anderen Schafen. Puh! Nun scheine ich jetzt erst mal wenigstens vor den Schafen meine Ruhe zu haben.

Doch eine Sache fällt mir besonders auf, wenn ich all die Tiere um mich herum so beobachte: Alle Tiere nämlich – die größeren wie die kleineren Tiere, Schafe sowie auch Esel und Ochse – sind ständig Strohhalme am Knabbern, sie kauen und kauen sie nahezu unentwegt ... All die Tiere hier scheinen aber, Gott sei Dank, Vegetarier zu sein und nur ein paar Strohhalme stibitzen zu wollen, wenn sie zu mir an die Krippe kommen. Denn ansonsten hätten sie mich ja schon längst aufgefressen. Das beruhigt mich dann doch ein bisschen. Aber dennoch fühle ich mich hier sehr unwohl. Ich jedenfalls verstehe all die Tiere nicht so recht und die Tiere verstehen mich wohl auch nicht.

Mir wird immer mulmiger und mulmiger zumute ... Außer diesen vielen Tieren – neben den Schafen und insbesondere neben den beiden sehr großen, mir mächtig angsteinflößenden Tieren meiner Eltern – sind nämlich auf einmal auch noch sehr viele Menschen da! Nicht nur meine, von der schweren Geburt noch sehr erschöpft wirkende Mama Maria, die ganz treu mit mir Händchen haltend neben mir sitzt und dabei mein winzigkleines, rechtes Händchen in ihrer großen warmen linken Hand hält. Und nicht nur mein streng blickender Papa Joseph, der von allen Strapazen sichtlich mitgenommen ziemlich gebeugt hinter mir steht und sich dabei mit seiner linken Hand auf so etwas wie einem Hirtenstab abstützt, wobei er die Gesamtsituation in der kleinen Felsenhöhle beziehungsweise im Stall im Blick behält und wie über alles wachend und uns stets beschützend dasteht. Sondern da sind auch noch ganz viele andere, total fremde Menschen! Sie tauchen im Laufe des Morgens des neuen Tages plötzlich aus dem Nichts auf und sind einfach da. Leute, die ich überhaupt nicht kenne. Leute, mit denen ich gar nichts anfangen kann, überhaupt nichts anzufangen weiß. Aber Leute, die jetzt einfach hier da sind! Und es kommen immer mehr und mehr von diesen fremden Leuten. Und sie alle kommen zu mir – ausgerechnet zu mir?! Dass ausgerechnet mich alle Welt begaffen kommt ... Irgendetwas stimmt hier nicht! Aber ich weiß nicht, was. Nicht die geringste Ahnung habe ich, was hier wirklich los ist. Ich verstehe es einfach nicht ... Ich werde doch hoffentlich jetzt nicht auch noch diesen wildfremden Leuten zum Fraß vorgeworfen? Nicht, dass mich von diesen wildfremden Leuten einfach jemand aus der Krippe herausholt, mich klaut und mit mir auf Nimmerwiedersehen abhaut ... Ich jedenfalls habe sehr große Angst vor diesen Leuten! Denn diese vielen wildfremden Leute versammeln sich alle in dieser Grotte beziehungsweise diesem viel zu kleinen Stall vor meiner Krippe. Nahezu wie bei einer Beerdigung stehen sie alle um mich herum. Sie gucken alle so groß. Und starren mich regelrecht an. Einige beten mich sogar an! Als wenn ich jemand Außergewöhnlicher wäre. Als wenn ich Gott wäre. Ich muss mich ja schon nahezu wie Gott fühlen, aber ich bin doch nur ein kleines, armseliges Menschenkind. Irgendwie schon komisch dieser Menschenauflauf in meiner kleinen Felsenhöhle, in meinem kleinen Stall.

Unter diesen Leuten scheinen übrigens auch mehrere Hirten zu sein, denn es laufen mittlerweile immer mehr Schafe hier herum. So ein riesengroßer Rummel um mich – so viele Menschen und Tiere. Was für ein Trubel! Als wenn ich tatsächlich jemand Besonderes bin. Bin ich aber doch eigentlich gar nicht. Oder doch? Keine Ahnung. Aber die Geburt eines Kindes ist schließlich immer etwas Besonderes, sehr Schönes und absolut Wundervolles. Und natürlich ein hochemotionales Ereignis! Aber dass ausgerechnet meine Geburt so etwas enorm Besonderes und äußerst Wundervolles sein soll? Na ja, ich verstehe es einfach nicht – oder noch nicht ...

Und dann noch ein außergewöhnliches Highlight: Auf einmal kommen drei außergewöhnliche Personen mit drei extrem riesengroßen Tieren auf unsere Felsenhöhle beziehungsweise den Stall zu. Diese drei Tiere – anscheinend Kamele – sind größer als groß und passen glücklicherweise nicht in die kleine Felsenhöhle hinein, sodass sie draußen auf dem Feld stehen bleiben müssen und nur die drei außergewöhnlichen Personen zu mir hereinkommen können.

Diese drei Männer, die anscheinend von sehr weit her ganz zum Schluss als allerletzte Besucher kommen und sehr nobel gekleidet sind – in einzigartigen Gewändern und mit einer besonderen Kopfbedeckung – bringen kurioserweise Geschenke mit und legen sie vor meiner Krippe nieder. Diese drei Herren verbeugen sich sogar vor mir und machen zu meinem großen Erstaunen auch noch einen Knicks vor mir. Keine Ahnung, warum und wieso. Ich jedenfalls gucke recht dumm. Und verstehe ganz und gar nicht, was hier überhaupt los ist ...

Ich fühle mich mittlerweile zwar regelrecht wie ein Gott verehrt. Aber ich bin doch nur ein kleines, armseliges und mittlerweile ziemlich gestresstes Menschenbaby ... Mit den Geschenken kann ich übrigens genauso wenig anfangen wie mit den Leuten. Die Geschenke sind so sonderbar wie die Leute.

Was das für Geschenke sind? Jedenfalls keinen einzigen Strampler zum Anziehen für mich – auch keine flauschige Decke zum Kuscheln, keinen Schnuller zum Nuckeln, keine Rassel zum Spielen oder sonst irgendetwas für mich jetzt Nützliches, das meine momentanen Bedürfnisse befriedigen würde. Stattdessen irgendetwas Glänzendes und dann noch irgendetwas Duftendes. Es riecht jetzt jedenfalls hier irgendwie komisch. Ein sonderbarer Geruch – pfui! Jetzt muss ich auch noch niesen – hatschi! Und all die Leute hier gucken auf einmal so entsetzlich doof ... Und ich erst recht! Einige Leute sind anscheinend vielleicht etwas enttäuscht von meiner Reaktion. Doch meine Eltern wenigstens schmunzeln ein bisschen, bedanken sich sehr höflich bei all den Leuten, insbesondere natürlich bei den drei außergewöhnlichen Herren, für all die außergewöhnliche Aufmerksamkeit und Ehrerbietung – und entschuldigen sich sogar noch für mich. Aber ein paar andere Leute grinsen ein bisschen hämisch. Ich jedoch verstehe die Leute einfach nicht und die Leute verstehen mich wohl auch nicht wirklich ...

Doch alle Menschen um mich herum scheinen sich vom Grundsatz her eigentlich sehr zu freuen und sich gar zu wundern, sich vor allem über meine Geburt zu wundern. Aber ich weiß nicht so recht, warum. Aber na ja, ein Menschenbaby liegt ja auch nicht allzu oft in einem Tierstall in einer Futterkrippe für Tiere. Die Leute scheinen das unheimlich toll zu finden, doch ich fühle mich so entsetzlich gequält ...

Anscheinend bin ich hier der Einzige, der sich hier ganz und gar nicht freut. Irgendwie fühle ich mich nämlich bedroht und gefährdet. Denn völlig hilflos und vollends ausgeliefert bin ich allen hier.

Total überfordert bin ich einfach mit dieser Situation hier. Mir behagt diese Gesamtsituation hier nicht wirklich. Ich fühle allergrößtes Unbehagen! Irgendetwas stimmt hier doch nicht! Vielleicht alles nur ein Missverständnis? Eine Verwechslung? Oder träume ich das hier alles sogar nur? Ein Albtraum? Hoffentlich ein Traum, aus dem man aufwachen kann und feststellt, dass alles nur ein Traum war. Aber irgendwie ist das hier gar kein Traum. Es ist ein Albtraum im Wachzustand! Es ist Realität, die zum Albtraum wird.

Oh Gott! Mir wird das hier jetzt alles viel zu viel … Mir ist nur noch zum Schreien zumute! Sorry, aber ich kann jetzt einfach nur noch brüllen und brüllen … Hoffentlich holt mich meine über alles geliebte Mama Maria bald aus dieser Krippe heraus und geht mit mir endlich aus diesem äußerst schrecklich anmutenden Stall heraus! Mama Maria, habe bitte Erbarmen mit mir und erlöse mich! Rette mich doch endlich aus dieser fürchterlichen Felsenhöhle! Ich leide doch so sehr! Ich will all das hier nicht mehr …

Ich bin hier zwar anscheinend der Star … Aber Mama Maria, bitte hol' mich hier schnellstmöglich raus! Bitte nimm mich aus meiner Not heraus! Nimm mich zu dir, nimm mich an deine rettende Mutterbrust! Über alles geliebte Mama Maria, bitte erhöre mich! Erlöse mich doch bitte! Rette mich endlich! Errette mich aus dieser anscheinend ziemlich bösen Welt! Denn ich halte das viele Leid hier einfach nicht mehr aus …

Allerliebste Mama Maria, ich flehe dich daher sehr eindringlich an: Denke doch an mich, bitte gedenke meiner! Rette mich endlich vor dieser schlimm anmutenden Welt, bevor mir doch noch irgendetwas ganz Schlimmes passiert beziehungsweise zustößt! Denn ich will nicht unschuldig leiden müssen … Bitte denke an mich, gedenke meiner! Und rette mich!!!

Juliane Barth, Jahrgang 1982, lebt im Südwesten Deutschlands. Sie schreibt als Hobby seit jeher sehr gerne, u. a. Gedichte, Kurzgeschichten und Sachtexte. Veröffentlichungen in diversen Anthologien: https://sacrydecs.hpage.com.

Die Heiligen Drei Kühe

Wir sind die Heiligen Drei Kühe;
wir schleppten uns mit großer Mühe
nach Bethlehem, suchten die Krippe
mitsamt der dreifaltigen Sippe,

zu kredenzen dem heiligen Knilch
unsre wertvollste Gabe: frische Milch.
Doch wir Kühe – es ist kaum zu fassen! –
wurden beim Stall nicht vorgelassen.

So erging's auch Schweinen und Hennen;
wir mussten alle schmerzlich erkennen:
Mit Milch, Fleisch, Eiern ist Gott dir nicht hold;
es zählen nur Weihrauch, Myrrhe und Gold.

Bernd Watzka *lebt und arbeitet in Wien als Lyriker, Dramatiker und Kulturjournalist. Studium Germanistik und Publizistik. Zahlreiche Stipendien und Förderungen.*

Der Geist von Bethlehem

Sarah Schmidt war reich und hatte alles, was sie wollte. Doch war sie zufrieden? Seit sie in einer neuen Firma angefangen hatte zu arbeiten, geriet sie nach und nach auf eine ganz andere Laufbahn. Sie geriet über neue Kontakte an einen Kreis von Lobbyisten, ließ sich von ihnen beraten, und ehe sie sich versah, wurde sie in ihren Entscheidungen abhängig und handelte längst nicht mehr so, wie sie es anfangs wollte. Hinzu kam, dass sie mit ihrem besseren Gehalt auch einen anderen Lebensstandard führte. Sie legte nun Wert auf Markenkleidung, warf mit Geld um sich, verlor jedoch ein Gefühl dafür, für andere Mitmenschen da zu sein. So wandten sich nach und nach ihre Freunde von ihr ab und schon bald hatte sie nur noch ihre sogenannten Arbeitsfreunde. Doch das störte sie eigentlich nicht. Es störte sie auch nicht, dass sie an Weihnachten als Einzige ihrer Ursprungsfamilie arbeitete, so wie jetzt.

Das Telefon klingelte.

„Hallo, Mutter"

„Ach, Sarah, musst du wirklich an Weihnachten arbeiten? Du warst lange nicht mehr zu Besuch bei uns. Wir vermissen dich. Im Grunde genommen hätte ich dich gerne Weihnachten daheim."

„Ausgeschlossen. Die Arbeit lässt sich nicht von alleine erledigen. Ich dachte, es würde reichen, dass ich euch einen Scheck als Geschenk geschickt habe. Ich kann nun einmal nicht kommen."

„Du machst dich noch kaputt, wenn das so weitergeht. Merkst du eigentlich nicht, wie du dich verändert hast?"

„Entschuldige, ich habe für dieses Gespräch gerade keinen Kopf. Ich melde mich die Tage. Grüß Vater von mir."

Aufgelegt. Sarahs Mutter seufzte schwer.

„Sie wird nicht kommen, richtig?"

„Du hattest recht, Frank. Sie kommt nicht. Wir scheinen ihr nichts mehr zu bedeuten."

„Da kann man nichts machen. Auf Sarah ist kein Verlass mehr."

Von seinem himmlischen Palast aus beobachtete Gott die Situation von Familie Schmidt. Ihm gefiel die negative Veränderung von Sarah überhaupt nicht. Eine Stunde später beriet er sich mit seinen Schutzengeln. „Ist irgendjemand unter euch, der Sarah die Bedeutung des Weihnachtsfestes und von Familie klarmachen möchte?" Keiner meldete sich. Alle hatten bereits Aufträge.

„Keiner?"

Aus der Gruppe der Engel trat ein junger, blondhaariger Engel hervor.

„Jacobus", seufzte ein älterer Engel und zog den Jungengel zurück.

„Warum hältst du den Jungengel auf, Erzengel Michael?"

„Er ist noch nicht so weit, einen Schutzfall zu übernehmen, weil er zu viele Flausen im Kopf hat. Wenn ich könnte, würde ich jeden anderen entbehren, doch das kann ich nicht."

„Gebt mir eine Chance. BITTEEEE."

Die umstehenden Engel hielten sich die Ohren zu.

„Ich könnte es machen wie der Geist, der Herrn Scrooge komplett umgekrempelt hat."

Das Gebettel des Engels ging sogar nach einigen wenigen Sekunden Gott auf die Nerven. „Meinetwegen", seufzte Gott. „Du hast den Fall."

„Vermassle den Fall nicht. Gott wird dir keinen weiteren Fall geben, wenn du versagst."

„Ihr könnt euch auf mich verlassen", versprach Jacobus und verschwand.

„Na, hoffentlich geht das gut", seufzte Michael.

Auf der Erde wollte Sarah gerade ihren Arbeitsplatz verlassen, als sie in einem der Nebenräume ein seltsames Geräusch hörte. Vorsichtig ging sie von Zimmer zu Zimmer. Eigentlich sollte außer ihr keiner mehr in dem Gebäude sein. Mit einem Baseballschläger gerüstet, betrat sie das letzte Bürozimmer. Sie seufzte erleichtert auf, als sie feststellte, dass dort auch nichts war. Kaum drehte sie sich um, um die Etage zu verlassen, stolperte sie vor Schreck auch gleich wieder zurück. Vor ihr schwebte etwas nicht Zuzuordnendes. Sarah rieb sich die Augen. „Ich glaube, ich träume."

„Ich bin kein Traum, Sarah. Ich bin ein Schutzengel. Gott hat mich geschickt. Er ist nicht glücklich damit, wie du dich über die ganzen Jahre verändert hast. Wir möchten, dass du wieder mehr an deine Mitmenschen und deine Familie denkst und wieder glücklicher wirst."

„Ich bin glücklich", zischte Sarah wütend. Sie setzte ihren Weg stur fort, ohne den Engel weiter zu beachten, doch Jacobus stellte sich ihr in den Weg.

„Was willst du, nervige Plage? Ich möchte nach Hause."

„Oh nein, Sarah. Du kommst jetzt schön mit mir mit", lächelte Jacobus, griff in seinen Beutel, der an einem goldenen Gürtel neben ihm hing, und bewarf Sarah mit einem Pulver.

Vor Sarahs geistigem Auge drehte sich alles, bis sie an einem vollkommen anderen Ort stand. Sarah starrte auf die Menschen um sich herum. Sie waren seltsam gekleidet. Hatten manche alte Stoffreste an? Eine alte Dame, die ihr Gesicht verschleiert hatte, stand von ihrer knienden Position auf, näherte sich Sarah und betastete neugierig das Gesicht der fremden Frau.

„Was soll das?"

„Die Menschen aus Bethlehem haben bisher noch nie eine Frau gesehen, die so fremdartig gekleidet ist wie du", erklärte ein Mann mit langen, schwarzen, ungepflegten Haaren. Vom Erscheinungsbild machte er keinen sonderlich sympathischen Eindruck auf Sarah.

Normalerweise hätte sie sich mit Menschen, die arm aussahen, nicht geredet, doch sie wollte wissen, wo sie war und was hier vor sich ging.

„Bethlehem? Ihr scherzt", sagte Sarah ungläubig.

„Du bist in der Geburtsstadt von Jesus gelandet", meldete sich eine fremde Stimme hinter ihr zu Wort.

„Jacobus? Bist du das?"

Sarah drehte sich um. Sie erkannte einen Geist, der über dem Boden schwebte.

„Und wer bist du?", fragte Sarah gereizt.

„Mit wem redet die seltsame Frau?", erkundigte sich die Frau neben dem schwarzhaarigen Mann. „Ist die nicht ganz normal?"

„Natürlich bin ich normal. Ich rede mit ..." Sarah drehte sich wieder dem Geist zu. „Wer bist du eigentlich?"

„Ich bin der Geist der vergangenen Weihnacht. Jacobus hat mich beauftragt, dich nach Bethlehem zu begleiten, damit du die Bedeutung von Familie wiederfindest."

„Ich komme mir vor wie in einem schlechten Film", entgegnete Sarah. Ihre Aufmerksamkeit wandte sich von dem Geist ab, denn sie bemerkte, wie mehr und mehr Leute an ihr vorbei wollten und eine Art Schlange vor einem Stall bildeten.

„Wir möchten den Heiland sehen, der geboren wurde", sagte die ältere Frau, die Sarah vor wenigen Sekunden noch abgetastet hatte.

„Er ist hier in meinem Arm", antwortete die Frau neben dem schwarzhaarigen Mann.

„Moment mal", überlegte Sarah. Sie wandte sich dem Geist zu. „Sind das Maria und Josef?"

„Genau. Beobachte alles um dich herum. Schau, wie arm die Leute sind und doch sind sie glücklich über die Geburt eines einzigen Kindes."

Sarah folgte dem Rat und sah sich genauer um. Einige wenige Tiere wie zwei Pferde, eine Kuh und ein Schwein ruhten friedlich zur rechten Seite von Maria und Josef. In dem einstigen Tierstall waberten nun Weihrauchschwaden. Wandbehänge aus orthodoxer Kunst prägten die Räumlichkeit und in dem hinteren Teil lagerten sich Geschenke, die Pilger, Hirten und andere Menschen mitgebracht hatten, um den Sohn Gottes zu ehren.

Beim Anblick, wie glücklich Josef und Maria zusammen mit ihrem Sohn waren, wurde Sarah traurig. „Ich glaube, ich habe genug gesehen", sagte Sarah zu dem Geist der vergangenen Weihnacht. „Ich möchte nach Hause."

„Aber eigentlich solltest du noch den Geist der gegenwärtigen und zukünftigen Weihnacht treffen."

„Das ist nicht mehr nötig", lächelte Sarah. „Ich habe eure Botschaft verstanden. Ich sollte Weihnachten mit meiner Familie feiern und nicht nur über meiner Arbeit sitzen."

Am nächsten Tag rief Gott Jacobus zu sich. Er überreichte ihm eine Auszeichnung. „Ich bin sehr zufrieden mit deiner Arbeit, Jacobus. Sarah ist heute bei ihren Eltern zu Besuch. Glückwunsch. Ich nehme dich nun in den Kreis der Schutzengel auf. Du wirst demnächst weitere Fälle bekommen."

Überglücklich schoss Jacobus auf Gott zu, umarmte ihn und flog zu seiner Familie, denn es gab viel zu erzählen.

Vanessa Boecking: *Autorin verschiedener Genres. Bücher: „Damian, der Zauberer", „Osiris, die Supermumie."*

Das Magische an Bethlehem

Weißt du, wofür Bethlehem bekannt ist? Egal an was du glaubst, ob du Jude, Moslem oder Christ bist. Jede dieser Religionen hat den Ursprung in Bethlehem. Die Christen glauben, dass dort Jesus Christus geboren wurde. Die Juden glauben, dass König David dort gelebt hat. Und die Moslems glauben, dass der Prophet Mohammad dort gebetet hat.

Ich sage bewusst das Wort *glaube*, weil die Geschichten in der Bibel oder im Koran nur Geschichten sind. Bewiesen ist natürlich nichts. Interessant ist allerdings, dass gleich drei Religionen denselben Ursprung haben.

Ist das nicht magisch? Irgendetwas muss es vor vielen Jahrhunderten gegeben haben. Irgendetwas Magisches. Irgendetwas, das wir uns nicht erklären können. Die Christen glauben an Gott. Die Moslems glauben an Allah. Was sagt uns das? Irgendetwas Übernatürliches könnte es sehr gut gegeben haben. Manche glauben auch an Aliens. Aliens sind auch nichts anderes als etwas Übernatürliches. Ihr könnt gerne mal nach Bethlehem reisen und auch von den unterschiedlichen Kulturen und Religionen inspirieren lassen.

Sybille Klubkowski ist 36 Jahre alt und kommt aus Menden. Sie ist Atheistin.

Ein Geschenk für die Hirten

Ganz still ist es über dem weiten Land. Still und dunkel. Mitten in der Nacht. Niemand ist draußen. Alle schlafen in ihren Häusern. Alle? Fast alle. Dort hinten, in der Ferne, kann ich ein Feuer sehen, draußen auf den Feldern, vor der Stadt. Da, das müssten sie sein. Als ich näher komme, erkenne ich sie. Es sind die Hirten. Sie sitzen am Feuer, kuscheln sich in ihre Fellmäntel und wärmen sich. Einige von ihnen haben sich nur eine dünne Decke um die Schultern gelegt. Mehr haben sie nicht. Es ist das Einzige, was sie besitzen. Tag und Nacht sind sie draußen bei den Schafen. Sie müssen gut aufpassen, dass nicht der Wolf kommt und eines der Schafe reißt.

Als ich ganz nah bei ihnen bin, wird es plötzlich taghell um sie herum. Erschrocken reißen sie die Arme vor die Augen. Sie zittern vor Angst. Einige von ihnen heben hastig die Lämmer hoch und halten sie schützend im Arm. Der ganze Himmel leuchtet und auch ich strahle heller als die Sterne.

„Habt keine Angst, fürchtet euch nicht!", rufe ich ihnen zu. „Ich habe eine gute Nachricht für euch. Gott schickt mich, er hat ein großes Geschenk für die Menschen. Und ihr sollt die Ersten sein, die das große Geschenk sehen dürfen. Am Himmel wird ein großer Stern stehen. Der zeigt euch den Weg. Macht euch schnell auf den Weg."

Sogleich stehen die Hirten auf und treiben ihre Schafe zusammen. Angst haben sie nicht mehr. Ganz im Gegenteil. Sie sind ganz aufgeregt und freuen sich.

Da leuchtet der Himmel noch einmal auf. Die Hirten schauen hoch. Da sehen sie ganz viele Engel. Sie singen und jubeln: „Ehre sei Gott in der Höhe und Friede auf Erden. Gott hat die Menschen lieb."

So einen Gesang haben die Hirten noch nie gehört, hundertmal schöner als alles, was sie je gehört haben. Erstaunt schauen sie hinauf. Dann machen sie sich eilig auf den Weg.

„Los, beeilt euch", ruft einer von ihnen, „lasst uns das Geschenk suchen. Ich kann es gar nicht erwarten."

Die Schafe wissen gar nicht, wie ihnen geschieht. Eigentlich schlafen sie nachts. Doch heute ist es anders. Die Hirten scheuchen sie auf, einige Schafe müssen sie sogar wecken. Sie rufen und locken die Tiere. Dann geht es los. Viel schneller als sonst treiben sie die Tiere vor sich her. Die Hirten haben es sehr eilig.

Immer wieder schauen sie nach oben zu dem Stern.

Der Engel hat gesagt: „Der Stern zeigt euch den Weg." Also laufen sie dem Stern entgegen.

Wohin der Stern sie wohl führen wird? Und wie weit es wohl noch ist? Ganz still ist es über dem weiten Land, nur einige Hirten laufen lachend und jubelnd durch die dunkle Nacht.

Maren Grenner *wurde 1975 geboren. Sie ist verheiratet und Mutter von zwei erwachsenen Söhnen. Mit ihrer Familie lebt sie in Extertal im Kreis Lippe. In ihrer Freizeit liest und schreibt sie gerne.*

Wünsch dich ins Wunder-Weihnachtsland

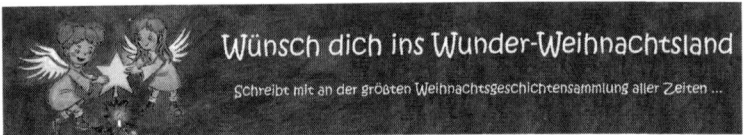

Schreibt mit an der größten Weihnachtsgeschichtensammlung aller Zeiten

Seit bald zwei Jahrzehnten sammeln wir mit unseren Wunder-Weihnachtsland-Büchern Geschichten, Märchen, Erzählungen, Haikus, Gedichte … rund um die schönsten Tage des Jahres – die Advents- und Weihnachtszeit. Hunderte von Texten haben uns in den Jahren erreicht – lustige und besinnliche, heitere und nachdenkliche.

Wenn wir alle Geschichten zusammenfassen, haben wir sicherlich eine der größten Weihnachtsgeschichtensammlungen aller Zeiten für kleine und große Leser zusammengetragen. Und wir schreiben weiter am Wunder-Weihnachtsland – 365 Tage im Jahr.

Einmal im Jahr – immer im Herbst – geben wir ein neues, gedrucktes Buch „Wünsch dich ins Wunder-Weihnachtsland" heraus. Alle Bücher gibt es mit der Veröffentlichung auch als E-Book.

Weitere Infos unter:

www.wuensch-dich-ins-wunder-weihnachtsland.de

Das Buch der vergessenen Geschichten

Zugegeben, das Cover wirkt ein wenig drastisch, denn wohl kaum jemand hat seine vor langer Zeit geschriebenen Geschichten auf einem mit Spinnweben überzogenen Dachboden gelagert. Oder doch?
Aber sicherlich hat jeder von uns, der literarisch tätig ist, in seiner Schreibtischschublade – oder seit einigen Jahren natürlich auch in den tiefsten Sphären seines Computers – all jene Geschichten gehortet, die er immer einem veröffentlichen wollte. Und dann doch nie dazu gekommen ist. Für all diese vergessenen literarischen Schriften öffnen wir künftig unser Geschichtenbuch „Das Buch der vergessenen Geschichten", eine neue Buchreihe. Senden Sie uns zu diesem Projekt Ihre Geschichten und Gedichte zu, die Sie schon immer einmal veröffentlichen wollten und die in Ihren Schubladen schlummern. Wir geben für das Projekt bewusst kein Thema vor, sondern lassen uns von der Vielfalt der uns übersandten Texte überraschen.

Einsendeschluss ist der 15. September 2024

Ein Buch geht um die Welt

Eine internationale Initiative von Papierfresserchens MTM-Verlag

Kinder auf der ganzen Welt vernetzen, sie zum Schreiben animieren und ihnen die Möglichkeit bieten, über ihr Leben, ihre Träume und Wünsche zu schreiben, das möchte die internationale Initiative „Ein Buch geht um die Welt" von Papierfresserchens MTM-Verlag erreichen.

Der Buchverlag mit Sitz am Bodensee in Deutschland hat aus diesem Grund Schreibwettbewerbe zu verschiedenen Themen ins Leben gerufen, an denen sich Mädchen und Jungen im Alter zwischen 6 und 14 Jahren aus aller Welt mit ihren ganz kleinen oder auch umfangreicheren Märchen und Erzählungen, Gedichten, Haikus oder Erlebnisberichten beteiligen können. Auch Illustrationen dürfen eingereicht werden. An dem Buch mitwirken können zum einen Kinder, deren Muttersprache Deutsch ist. Aber es haben sich in den zurückliegenden Jahren auch immer wieder junge Autorinnen und Autoren an den Schreibwettbewerben des Verlags beteiligt, die Deutsch als Fremdsprache erlernen. Weltweit und über alle Kontinente wurden Schulen deshalb zu dieser Initiative eingeladen.

„Uns ist es wichtig", so Verlegerin Martina Meier, „dass die Kinder Spaß am Schreiben haben. Und wir wissen, dass viele unendlich stolz sind, wenn sie ihren Text in einem gedruckten Buch finden."

Einsendeschluss für die Wettbewerbe ist jeweils am **15. März** und am **1. November** eines jeden Jahres. Es werden bei den einzelnen Projekten immer ganz unterschiedliche Themen in den Mittelpunkt gerückt. Umfangreiche Informationen zu allen Projekten finden Interessierten unter

www.papierfresserchen.de

– Anzeige –

Ferienwohnung Drachennest

Feldkirch / Österreich

Ländlich idyllisch und dennoch stadtnah zentral in Feldkirch-Tosters gelegen, nur einen Steinwurf entfernt von der Schweizer und Liechtensteiner Grenze, finden Sie unsere Ferienwohnung Drachennest, den idealen Rückzugsort vom Alltag. Genießen Sie unsere wunderschöne Ferienregion Vorarlberg in Österreich abseits der Hektik der großen Touristikgebiete.

Brechen Sie zu einmaligen Wanderungen und Radtouren auf – entlang des Rheins zum Bodensee oder entlang der Ill mitten hinein in die Berglandschaft des Ländles. Gut ausgebaute Radwege ermöglichen ein stressfreies Radeln, auch für wenig trainierte Radfahrer, da es auf diesen Wegen nur sehr leichte Steigungen gibt.

Starten Sie die schönsten Motorradtouren in die Alpen direkt vor unserer Haustür. Gerne geben wir Ihnen Tipps für tolle Tagestouren, da wir selbst begeisterte Motorradfahrer sind. Skifahren? Kein Problem? Erreichen Sie die schönsten Skigebiete Vorarlbergs bequem mit öffentlichen Verkehrsmitteln oder mit Ihrem eigenen Fahrzeug.

Gerne begrüßen wir Sie gemeinsam mit Ihrem Haustier in unserer schönen Ferienwohnung in Feldkirch-Tosters. Und sollten Sie an einem Buch schreiben, so stehen wir Ihnen auf Anfrage gerne hilfreich zur Seite.

Information und Buchung:

www.drachennest.at

– Anzeige –

Redaktions- und Literaturbüro - Pressearbeit seit 1989

Wir helfen Ihnen, Ihr Buchprojekt umzusetzen!

Kompetent und nach Ihren Wünschen

In den zurückliegenden Jahren haben wir für zahlreiche Autor*Innen sowie Institutionen, Schulen und Vereine private Buchprojekte umgesetzt, also Bücher, die nicht für den Buchhandel, sondern ausschließlich für den privaten Vertrieb oder Bedarf produziert wurden.

Wenn Sie Interesse haben, Ihre eigenen Geschichten einmal in einer Monografie zusammen gedruckt zu sehen – als Geschenk, für eine bestimmte Veranstaltung oder aber nur zur eigenen Freude, dann sprechen Sie uns an.

So können wir für Sie ein Taschenbuch mit bis zu 100 Seiten in schwarzweiß mit einer Auflage ab 30 Exemplaren bearbeiten, layouten und drucken – der Preis pro Buch liegt bei 10,90 Euro (zzgl. Versandkosten). Preise für gebundene Bücher und Bücher mit mehr Seiten oder in Farbe auf Anfrage.

Unsere weiteren Literatur-Dienstleistung:
- Lektorat
- Buchsatz
- E-Book Erstellung
- Ghostwriting
- Mein Trauerbuch
- Biografiearbeit

Schreiben Sie uns!
cat@cat-creativ.at
CAT creativ - www.cat-creativ.at